［完全版］

人を動かす

D・カーネギー

東条健一 訳

Dale Carnegie

How To Win Friends And Influence People

新潮社

本書を書いた理由

D・カーネギー

アメリカの出版社は無数の本を出版してきましたが、ほとんどの本はかなり退屈なうえ、多くは採算が取れていません。世界最大級の出版社の社長は私にこう打ち明けました。「出版事業を75年やってきても、いまだに8冊の本のうち7冊は赤字になる」

それなのに、私はなぜあえて新しい本を書いたのでしょうか？　また、あなたが本書をわざわざ読むべき理由は何でしょうか？

このもっともな疑問にお答えしましょう。

私は、ニューヨークで社会人向けの講座を主催しています。最初は、「話し方」の講座だけを開いていました。人に話す時、機転を利かせ、自分の考えをより明確かつ効果的に、冷静に表現することを学ぶための講座でした。

何年かすると、受講生たちが話し方と同じくらい切実に、人とうまく付き合うための技術を必要としていることに気がついたのです。

それは、私自身にも必要でした。振り返ってみれば、私自身が人間関係でたびたびおかしてきた失敗を思い出して、ぞっとします。20年前に気づいていれば、どれほど良かったでしょう！　人間関係の技術には、計り知れない価値があります！

史上初の人間関係の技術書

人間関係は、私たちにとって最大の課題です。ビジネスマンはもちろん、会計士であろうと、建築家であろうと、技術者であろうと同じです。

カーネギー教育振興財団の後援で行なわれた調査で、重要な事実が明らかになりました（後にカーネギー工科大学〈現カーネギーメロン大学〉の調査でも確認されています）。技術者の場合でも、その人自身の技術知識は、収入増加の要因の15パーセントに過ぎず、残り85パーセントは、対人技術と個性、そして人を動かす能力に起因すると言うのです。

私は長年、フィラデルフィア技術者クラブや、アメリカ電気学会のニューヨーク支部で講座を開催していました。講座を修了した技術者は、１５００人以上です。講座の参加者たちは自らの経験から、最高の給料をもらえる人が、最高の技術者とは限らないと気づいていました。技術的な能力に加えて、人のやる気を喚起する能力がある人は、昇進しやすいのです。

私の記憶では、史上最大の富豪といわれるジョン・ロックフェラーは、その全盛期にこう言っています。「対人能力は、砂糖やコーヒーのように購入可能な商品だ。私は、その能力に誰よりも高く支払う用意がある」

しかし、世界で最も価値のあるこの能力を、教えている学校はあるでしょうか?

シカゴ大学とYMCAは、大人の学習意識について調査しました。多額の費用と2年の歳月が費やされた調査の最終段階は、アメリカの典型的な町として選ばれたコネティカット州メリデンで、行なわれました。メリデン在住のすべての成人は、職業、学歴、年収、趣味など156の質問に答えることを求められました。その結果、大人にとって最大の関心事とは、健康の次に人間関係だとわかったのです。相手を理解する方法、仲良くする方法、人から好かれる方法、また、自分の考えを相手に受け入れさせる方法が、必要とされていました。

そこで、調査を実行した委員会は、メリデンの人々のために対人技術を磨く講座を開くことにしました。ところが、講座で使う実用的な教科書を念入りに探したものの、1冊も見つかりません。成人教育の世界的権威に心当たりがないか尋ねてみると、彼はこう答えました。「必要性はわかっていますが、そのような本は存在しません」

私もその事実は知っていました。人間関係についての実用的な教科書を、私自身が何年も探し続けていたからです。そこで、私自身の講座で使うために、自分で書くことにしました。それが本書です。

研究と実例の収集

執筆の準備に、このテーマについて新聞記事から雑誌記事、家庭裁判所の記録、アルフレッド・アドラーにウィリアム・ジェームズ、古代の哲学者の著作に新しい心理学の本まで、あらゆる文献を読みました。さらに、経験豊富な調査員を1人雇い、1年半かけてさまざまな図書館で、自分が見逃していた心理学の学術書、何百もの雑誌記事、無数の伝記を読ませ、あらゆる時代の偉大な指導者たちがどのように対人関係を築いていたのか、徹底的に調べさせることにしました。

アメリカ大統領や実業家、映画俳優など、多くの成功者にも個人的に面談し、彼らから人間関係の技術を見いだそうとしました。

これらすべてを材料に、『人を動かす』と名付けた短い講演を準備しました。最初は短かい話でしたが、今では1時間30分の長さに膨らんでいます。この講演を、ニューヨークの講座で何年も続けました。

受講生には、講演から学んだことを仕事や生活の中で試し、講座でその体験や結果を話すという課題を与えました。自己の改善を目指す受講生たちは、熱心にこの課題に取り組みました。

本の完成までは、特別な過程をたどりました。まるで子供が成長するようでした。何千人もの大人たちの経験によって育《はぐく》まれていったのです。ルールを、ハガキより小さいカードに印刷したのが始まりです。次の季節には大きなカードに印刷し、後にそれが束ねられ、やがて小冊子のシリーズとなっていきました。15年間の経験と探求のすえに、この本ができたのです。

本書が実現する人生の革命

この本に記されたルールの数々は、単なる理論や推測ではありません。魔法のように効果があります。信じられないかもしれませんが、この本の原則を適用することで、数多くの人々が、人生に革命を起こしてきました。

講座に参加したある男性は、３１４人を雇用しています。彼はひたすら従業員をこき使い、あら探しをし、叱ってきました。彼の口は、優しさ、感謝、自信を与える言葉とは無縁です。

この本で示す原則を学んだ後、彼の人生哲学は急激に変わりました。会社には、新鮮な忠誠心と熱意、チームワークが生じました。314人の敵が、314人の友人になったのです。

彼は誇らしげに言いました。「以前なら、私が社内を歩いていても、誰からも挨拶されなかった。実際、私が近づくと、従業員たちは目をそらしたよ。しかし、今では、彼ら全員が私の友人であり、守衛でさえ私をファーストネームで呼んでくれるんだ」

彼は、より多くの利益を得ました。さらに重要なことに、仕事にも生活にも、ずっと多くの幸福を発見したのです。

数えきれないほど多くの営業担当者が、本書の原則を活用することによって売上を急拡大させています。

多くの人が、それまで求めても叶わなかった新しい顧客を得ました。

企業の幹部は、さらに地位が上がり昇給しました。前回の講座である重役は、本書の原則を応用したことで、1年で大きく報酬が増加したと報告してくれました。別の大企業の重役は、けんか腰の態度と、人を導く能力に欠けるせいで降格されそうになっていました。しかし講座を受けた結果、降格を免れただけでなく、昇給して昇進までしました。

講座の最後に行なわれる祝賀会で、受講生の配偶者から、夫(または妻)が講座を受けるようになってから、家庭生活がはるかに幸せになった、と言われたことは数えきれないほどです。

自分自身が達成した成果に驚く人は、珍しくありません。まるで魔法のように感じるのです。日曜日に私の家まで電話してきた熱心な受講生もいます。成果を報告したくて、48時間後の講座まで待てなかったのです。

ある男性は、本書で示す原則に興奮し、ほかの受講生たちと深夜まで語り合いました。午前3時になってみんなが帰っても、眼前に広がる新しく豊かな世界の眺めに刺激され、眠ることができませんでした。その夜も、翌日の昼も夜も、眠りませんでした。

彼は、新しい理論にすぐに夢中になる、未熟で経験の浅い人物だったのでしょうか？いいえ、まったく違います。美術商を営む洗練され落ち着いた物腰の町の名士で、3カ国語を流暢に話し、ヨーロッパの2つの大学を卒業しています。

この文章を書いている間、貴族階級の陸軍将校として先祖代々皇帝ホーエンツォレルン家に仕えてきたという名家出身のドイツ人から、手紙を受け取りました。大西洋を横断する船上で書かれた彼の手紙には、本書の原則を活用することについての、情熱がしたためられていました。

ハーバード大学を卒業し、大きなカーペット工場を所有する、ニューヨーク在住の年配の男性は、人に影響力を与える方法について、この講座で14週間学んだことは、大学で4年間学んだことより、はるかに多いと断言しています。

「ばかばかしい」「現実離れしている」と笑い飛ばしますか？　もちろん、あなたにはこの話を一笑に付す権利があります。

潜在能力を目覚めさせよう

これは、ある木曜日の夕方にニューヨークのイェール・クラブに集まった約600人の聴衆に向けた、アメリカを代表する哲学者・心理学者のウィリアム・ジェームズ教授の言葉です。

「本来あるべき姿と比べれば、私たちはまだ半分眠っているようなものだ。私たちは自身の身体的、精神的能力のほんのわずかな部分しか活用していない。能力の限界のはるか手前で生きている。さまざまな能力を持ちながら、習慣的に活用せずにいる」

あなたにも「習慣的に活用せずにいる」力があるのです！　本書は、あなたの中に眠る能力を目覚めさせ、開発し、利益を得るお手伝いをします。

プリンストン大学の元学長ジョン・ヒベン博士は、「教育とは、人生に立ち向かう能力を育むことにある」と言いました。

最初の3章を読み終えるまでに、人生に立ち向かう能力が何も身についていなかったら、本書は失敗です。

イギリスの哲学者ハーバート・スペンサーは、「教育の大きな目的は、知識を得ることでなく、行動することにある」と言いました。

この本は、行動するための本なのです。

前置きが長すぎました。さあ、始めましょう。

第1章のページをめくってください。

人を動かす　完全版　目次 CONTENTS

第3章

第6章

本書はアメリカで刊行された
Dale Carnegie
“HOW TO WIN FRIENDS AND INFLUENCE PEOPLE”
Simon and Schuster
の1936年版を底本に翻訳・編集したものです。

第 1 章
人間の取扱説明書

FUNDAMENTAL TECHNIQUES
IN HANDLING PEOPLE

1　蜂蜜が欲しければ、蜂の巣を蹴るな

1931年5月7日、ニューヨーク市では、かつてないほど世間を騒がせた追跡劇が大詰めを迎えていました。

数週間におよぶ捜査の後、ウェストエンドにある恋人の部屋に潜伏中の殺人犯「二丁拳銃のクローリー」を、150人の警官らが包囲したのです。クローリーは、厚いクッションを貼った椅子の後ろから、警官に向かって発砲。ニューヨークの高級住宅街の一画には、1時間以上にわたり銃声が響き渡り、1万人もの見物人で騒然となりました。

クローリーの逮捕後、マルルーニ警察本部長は、この男はニューヨークにおいて史上最も凶悪な犯罪者であり、「羽毛が床に落ちただけでも人を殺す」と述べています。

では、当のクローリーは、自分自身をどのような人間だと考えていたのでしょうか？ それは、警官との銃撃戦の間、彼が「関係各位」に宛てて書いていた手紙からうかがい知ることが出来ます。そこには、「本当の俺は、誰も傷つけたりしないいし、やさしい心を持

っている」と記されていました。

事件の少し前、ロングアイランド地区のはずれで車を駐めていたクローリーは、突然現れた警官から、免許証の提示を求められました。しかし、何も言わずに銃を抜き、警官に発砲。そして車から飛び出すと、倒れた警官から銃を奪って、さらに弾丸を撃ち込みました。

人は非難されても自分の非を認めない

その殺人者が、「本当の俺は、誰も傷つけたりはしないし、やさしい心を持っている」と言うのです。

クローリーは、電気椅子に送られました。彼はシンシン刑務所の死刑囚棟に入れられた時、「これは人を殺した報いだ」と言ったでしょうか？　いいえ、「これは自分を守った結果だ」と言ったのです。

クローリーは、まったく責任を感じていませんでした。彼の態度が異常なだけだと思うなら、この言葉を聞いてどう思いますか？

「みんなのために尽くしてきたのに、侮辱され、指名手配された」

アメリカで最も悪名高いギャングである、暗黒街の帝王アル・カポネの言葉です。

カポネは反省しませんでした。実際、自分自身を、慈善事業家だとみなしていました。正しく評価されず、誤解されているだけだと言うのです。

同じように、悪名高かったギャングのダッチ・シュルツも、抗争で命を落とす前、新聞のインタビューに対して、自分は慈善事業家だと答えました。もちろん、そう確信していたのです。

このテーマについて、私は、シンシン刑務所のルイス所長と何度も手紙を交換しました。彼はこう述べています。「自分を悪人だと考えている犯罪者は滅多にいない。犯罪者は自分を一般人と変わらないと考えているし、巧みに自分を正当化し、言い訳する。金庫破りをしなければならなかった理由から、銃の引き金をひかなければならなかった理由まで何でも正当化して、自分が刑務所に入れられたことはまったくの間違いだと、かたくなに信じている」

こうした犯罪者たちでさえ、何でも人のせいにして自分の非を認めないとしたら、私たち普通の人間はどうなのでしょうか?

百貨店経営者のジョン・ワナメイカーは晩年、「人を責めても無意味だということは、30年前から知っている」と述べています。早くからそれに気づいた彼に比べ、私は30年以上も苦労した末にやっと、「100人のうち99人は、どれほど自分が間違っていても、まったく自分の非を認めない」ことがわかってきました。

非難は逆効果です。非難された人は、自己防衛と自己正当化に走るからです。非難は、相手のプライドと自尊心を傷つけ、かえって反発を招きます。

かつてドイツ軍は、問題が発生した直後に兵士が苦情申し立てや批判をするのを、禁じていました。当事者は、一晩考えて冷静にならなければなりません。もし、すぐに不満を申し立てたりすれば、処罰が待っています。

市民生活にも、そのような規範があってもいいのではないでしょうか。泣き言を言う親たち、口やかましい妻たち、ガミガミ言う雇用者たち、あら探しをする人たち……。こうした不愉快のオンパレードは、何らかの規範で抑えることが必要です。

人間は自分以外の誰かのせいにしたがる

非難の無意味さの例は、歴史を振り返ってもたくさん見つかります。

例えば、セオドア・ルーズベルトによる、タフト大統領への非難です。それは共和党を分裂させ、対立する民主党からウィルソン大統領を生み出し、アメリカを第一次世界大戦に巻き込み、歴史を変えてしまいました。

簡単に振り返ってみましょう。ルーズベルトは大統領の2期目の任期を終えると、次の大統領候補にタフトを指名して、アフリカにライオン狩りに出発しました。ところが、帰国した彼はタフトの政策を激しく非難し、自らが三たび大統領候補に指名されるべく進歩党を結成。その結果、共和党は壊滅状態となり、次の選挙では、わずか2つの州でしか支持を得られず、歴史的敗北を喫したのです。

ルーズベルトはタフトを責めましたが、タフト自身は自分を責めたでしょうか？　もちろん、そんなことはありません。「ほかにやり方があったとは思えない」と述べています。

悪いのは、ルーズベルトかタフトか。私には正直わかりませんし、興味もありません。大事なのは、ルーズベルトが全精力を傾けて非難してもタフトは自分が間違っているとは思わなかった、ということです。彼を自己正当化に走らせ、「ほかにやり方があったとは思えない」と繰り返し言わせただけでした。

ティーポット・ドーム事件をご存じですか？　何年も新聞をにぎわし、アメリカを揺るがした汚職スキャンダルです。ハーディング大統領政権の内務長官アルバート・フォールは、エルクヒル油田とティーポット・ドーム油田の石油産出権を、競争入札を拒否して友人に有利な契約で引き渡しました。その見返りに当時の金額で10万ドルの「融資」を受け、さらに、エルクヒル油田に隣接する油田に海兵隊を差し向けて、競合企業を追い出しにかかりました。それらの企業が裁判所に駆け込んだことで、この醜聞が明らかになり、ハーディング政権は破滅。フォールは収監されています。

フォールは、現職の公務員として前例がないほどの非難を受けましたが、悔い改めたりはしませんでした。後のフーバー大統領が「ハーディング大統領の死因は、ある友人の裏切りによる心労が原因だった」と演説でほのめかすと、フォール夫人は椅子から飛び上がり、泣きながら運命にあらがうように腕を振り回して叫びました。「夫がハーディング大統領を裏切ったですって？　いいえ、夫は誰も裏切っていません。天井の高さまで金を積まれたって、夫はそんなことをしませんとも。餌食にされ裏切られてきたのは夫なんです」

人間は、自分以外の誰かが悪いのだと思いがちです。それが人間の本性というものであり、誰もが例外ではありません。

ほかの人を責めたくなったら、アル・カポネやクローリー、アルバート・フォールらのことを思い出してみましょう。非難は、伝書バトのように、必ず自分のところに戻ってきます。人の誤りを正したり、非難したりしても、相手はほぼ間違いなく自己正当化しますから、かえって逆恨みされるか、タフトのように「ほかにやり方があったとは思えない」

と返されるのがおちです。

リンカーンの「人間の取り扱い方」

1865年4月15日の朝、観劇中にジョン・ブースに撃たれたエイブラハム・リンカーンは、現場のフォード劇場の向かいにある安宿のベッドの上で、息を引き取ろうとしていました。それに立ち会ったスタントン陸軍長官は、「世界でも類を見ないほど、人間の取り扱い方を完璧に心得ていた人物だった」と嘆いたといいます。

リンカーンが完璧に心得ていたという「人間の取り扱い方」とは、何だったのでしょうか？　私は、リンカーンの生涯を10年間研究し、執筆と推敲に3年間かけて本を出版しています。私は、リンカーンの人柄と家庭生活について、誰よりも詳細で徹底的な研究をしたと思っています。リンカーンの「人間の取り扱い方」については、特に研究しました。

リンカーンは、他人を非難することに熱中していたことがあります。インディアナ州のピジョン渓谷沿いの開拓地に暮らしていた青年時代、人を非難するだけでなく、嘲笑する手紙や詩を書いて、わざと人目につくよう道に落としていました。そのことで一生彼を恨んだ人もいます。

イリノイ州スプリングフィールドで弁護士として開業した後も、新聞に公開状を発表して、対立する相手を公然と攻撃しました。しかも、それをしつこく繰り返していたのです。１８４２年の秋は、ジェームズ・シールズという、虚栄心が強く喧嘩っ早い政治家をからかいました。スプリングフィールドの新聞に匿名で投書し彼をやりこめたのです。町中が大笑いし、感情的でプライドが高いシールズは激怒。誰が投書したのか探しだし、リンカーンに決闘を申し込みました。リンカーンは戦いたくありませんでしたが、名誉のために決闘せざるを得なくなりました。武器の選択はリンカーンに任されました。とても腕が長かった彼は騎兵隊用の剣を選び、陸軍士官学校の卒業生からレッスンを受けました。決闘当日、リンカーンとシールズはどちらかが死ぬまで戦う覚悟でミシシッピ川の砂州に出向きましたが、最後の瞬間、付添人が止めに入って、決闘は中止になったのです。

この九死に一生を得た出来事から、リンカーンは人間関係について何物にも代えがたい教訓を得ました。二度と侮辱的な手紙を書くことはありませんでしたし、二度と他人をからかうこともありませんでした。人を非難することも滅多になくなりました。

後の南北戦争では、リンカーンが任命したポトマック軍（北軍の主力部隊）の将軍が、次々とひどい失態をおかします。国の半数がこれら無能な将軍たちを猛烈に非難する中、リンカーンは何の非難もしませんでした。彼は「裁かなければ、裁かれない」という格言を気に入っていました。妻たちが、南部の人々を悪く言えば、リンカーンは「彼らを責めてはいけない。状況が同じなら、私たちも同じことをしただろう」と答えました。

リンカーンならどうするか?

さすがに相手を非難せざるを得ない状況もありました。

南北戦争の激戦となったゲティスバーグの戦いがあったのは、1863年7月のことです。同月4日の夜、リンカーンと敵対する南軍のリー将軍は嵐の中、敗走を始めました。リーたちの目前には、増水して渡れないポトマック川があり、背後には、リンカーンの北軍が迫っていました。リー将軍は絶体絶命の状況です。リンカーンにとっては、リー将軍を捕らえ南北戦争を終結させる千載一遇の機会でした。リンカーンは作戦会議の手間を惜しんで、ただちに攻撃命令を出します。命令は、電報に加えて特使が派遣され、北軍を指揮するミード将軍に伝えられました。

しかし、ミード将軍は、命令とは正反対のことをしたのです。彼は、リンカーンの命令を無視して作戦会議を招集し、いつまでたっても攻撃を始めませんでした。彼があらゆる言い訳を並べて、あからさまに攻撃を躊躇しているうち川の水かさが減り、リー将軍は川を渡って逃走してしまいました。

リンカーンは激怒しました。「いったいどういうことだ! 敵を手中にしたも同然で、あと少し手を伸ばすだけで良かったはずだ。それなのに、私が何をしようが、何を言おうが、攻撃しなかったとは。あの状況なら、誰でもリー将軍を倒せたぞ」

激しく失望したリンカーンは椅子に座ると、ミードに宛てて手紙を書きました。ちなみに、リンカーンはこの時期には、かなり保守的かつ節度ある言葉遣いをしていました。それを考えると、手紙には、リンカーンのこれ以上はないほどの激しい非難が表れています。

親愛なる将軍

リーの脱出という事態の重大さを、貴官が認識しているとは思えない。彼は我々の手の内にいたのだ。そこで戦争は終結しただろう。しかし、この戦争の終わりは見えなくなった。私はもう、あなたに成果を期待していない。期待するのもばかばかしい。絶好のチャンスが失われてしまった。私の苦悩は計り知れない。

ミード将軍は、この手紙を読んでどうしたでしょうか？　実は、この手紙は送られることはなく、将軍がそれを目にすることはありませんでした。手紙は、リンカーンの死後、書類の中から発見されたのです。

リンカーンはこの手紙を読み返すと、窓の外をぼんやりと見つめ、しばらくの間こう考えたのでしょう。

「私が彼の立場だったら……。もし、私が彼と同じ性格を持ち、臆病な部下たちの助言を聞き、同じように何日も眠らず流血を見ていたら、私もリーを逃していたかもしれない」

手紙を送れば、リンカーンの気持ちは治まるかもしれませんが、ミードは自分を正当化して、リンカーンを逆恨みするでしょう。やがて指揮官として役に立たなくなり、軍を追われることになるはずです。

結局、リンカーンは、手紙をとっておくことにしました。厳しい非難と叱責は、たいていの場合、何の役にも立たないことを、苦い経験から学んでいたからです。

セオドア・ルーズベルトが大統領だった時、ややこしい問題に直面すると、椅子の背にもたれかかって、壁に架かったリンカーンの肖像画を見上げ、「リンカーンが私なら、どうするだろうか？　彼なら、この問題をどう解決するだろうか？」と独り言を言っていたといいます。

他人を変えるより、自分を変える

誰かを責めたくなった時は、「リンカーンならどうするか？」と考えてみましょう。

誰かを変えてあげたいとか、改善してあげたいと思うのは良いことですが、まずは、自分自身を変えることから始めてみませんか？　他人を変えようとするより、はるかに利益は大きく、危険はほとんどありません。

「自分との戦いは価値がある」詩人ロバート・ブラウニングは言いました。自分を変えるには、今からがんばっても、クリスマスまでかかるかもしれません。他人の批判は、年末年始は休んで、新年からにしませんか？　もちろん、その前に自分を完璧にするのをお忘れなく。

「自分の家の前の雪を掃け。他人の家の屋根の上に降りた霜に構うな」という中国の格言もあります。

まだ若く人に認めてもらおうと必死だったころ、私は、有名作家のリチャード・ハーディング・デイヴィスに、執筆方法を取材しようとして、おろかな手紙を出してしまいました。その2、3週間前、私はある人から、末尾にこう記された手紙を受け取っていました。

「口述につき推敲省略」

これがとても気に入りました。手紙をくれた人物が、地位の高い多忙な有力者のように感じられたのです。私は少しも忙しくありませんでしたが、作家に自分を印象づけたくなって、手紙の末尾に「口述につき推敲省略」と書き添えました。

作家は何も答えず、ただ、手紙を送り返してきました。余白には、「君ほど無礼な人間はいない」と書き加えてありました。私が失態をおかしたのは事実ですし、非難されてもしかたありません。しかし、私も人間ですから、それを不快に感じました。非常に不快だったのです。10年後に作家の訃報を知った時も、彼に傷つけられたことを、最初に思い出したくらいです。

ばかな人ほど、他人を批判する

死ぬまで恨まれたいなら、取るに足らないことを容赦なく批判しましょう。

人間は理屈の動物ではありません。感情の動物です。偏見に満ち、自分を過信した動物なのです。

批判は危険な火花です。その火花の一つが、自尊心の火薬庫で爆発を引き起こす恐れもあるのです。死を早めることもあるでしょう。

英文学史に残る作家トーマス・ハーディは、酷評されて二度と小説を書かなくなりました。詩人のトーマス・チャタートンは、批判されたせいで自殺しています。

アメリカ建国の父ベンジャミン・フランクリンは、若いころは要領が悪かったものの、やがて駆け引きや人間関係の達人となり、フランス大使になりました。彼が人間関係の達人になった秘訣は何でしょうか?「私は、人の欠点を指摘しない。人の長所だけを話題にする」と、彼は述べています。

批判や非難、文句を言うことは、ばかでもできます。実際、ばかな人ほどそういうことをします。

一方、相手を理解し、寛容でいるためには、品格と自制心が必要です。イギリスの歴史家トーマス・カーライルは、「偉大な人間は、人への接し方からして偉大である」と述べています。

非難する代わりに、理解しましょう。行動の理由を考えるのです。それは、非難するよりはるかに有益でおもしろいことです。共感の心や許しの気持ち、思いやりも生まれます。「すべて知れば、すべて許せる」のです。ジョンスン博士は「神も、人の死後まで裁きを待たれる」と述べています。私たちも、待ってみてはどうでしょうか?

原則

1

批判や非難で人は変わらない。

2　人を動かす最大の秘密

人を思い通りに動かす方法が、一つだけあります。しかも、相手に自分からそうしたいと思わせます。方法はたった一つです。ほかの方法はないことを、覚えておいてください。

もちろん、相手の胸に銃を突きつければ、腕時計を差し出させることはできます。クビにすると脅せば、（見張っている間は）従業員に協力させることができます。ムチや脅しを使って、子供に言うことをきかせることもできます。しかし、こうした荒っぽいやり方は、望まない結果を生みがちです。

人を思い通りに動かすたった一つの方法は、相手が欲しいものを与えることなのです。

人は何が欲しいのでしょうか？　精神分析を確立したジークムント・フロイトは、人間の行動のすべては、２つの動機から生じると言いました。性欲と名誉欲です。

アメリカの哲学者ジョン・デューイは、やや違う表現をしました。人間の最も深い衝動は、有用でありたい欲求だというのです。

あなたは何が欲しいのでしょうか？　たくさんでなくとも少しくらいは欲しいものがあることを、あなたも否定できないはずです。人はたいてい、次のものを欲しています。

①健康（生命の維持）
②食事
③睡眠
④お金（お金で買えるもの）
⑤来世の幸せ
⑥性的満足
⑦子供の幸せ
⑧自己有用感

ほとんどの欲求は、たいてい満たされます。しかし、ある欲求は、食事や睡眠の要求と同じくらい切実で強いのに、滅多に満たされることがありません。それこそが、フロイトの言う名誉欲であり、デューイの言う、有用でありたい欲求です。

リンカーンは、手紙の冒頭に「誰しも賛辞を好む」と書いたことがあります。その通りです。人は誰でも、率直な感謝を望んでやみませんし、偽りのない称賛を待ち焦がれています。しかも、両方ともめったに手に入りません。

自己有用感への渇望

これは、消えることのない心の飢えです。望み通りに満たしてあげられる人間は滅多にいません。それができる人なら、他人を意のままにできるし、「死ねば葬儀屋でさえ悲しむ」でしょう。

自分の価値を感じたいという欲求は、人類と動物とを隔てるものです。私は少年時代、ミズーリの農場で過ごしました。父は、立派なデュロック種の豚と血統の良いヘレフォード種の牛を繁殖していて、品評会では何十回も1等賞を獲得しました。父は白いモスリンの布にそれらの記章をとめており、友人や来客があれば一方の端を持ち、私がもう一方の端を持って披露したものです。豚は自分たちが勝ち取った賞に興味ありませんが、父は賞によって自己有用感を得たのです。

もし、私たちの祖先に、自己有用感への燃え上がる衝動がなければ、文明も築けず、私たちは今でも動物同然だったはずです。

ある無学で貧しい雑貨店員が、数冊の法律書を、安く買い付けた盗品の荷物の底から見つけて勉強したのは、自分の価値を感じたいという欲求があればこそです。この雑貨店員のことはご存じのはずです。彼の名は、リンカーンです。

ディケンズに不朽の名作を書かせ、クリストファー・レンに大聖堂を建築させ、ロックフェラーに無尽蔵の富を築かせたのも、この自分の価値を感じたいという欲求です。町一番の富豪が必要以上の家を建てるのも、同じ欲求からです。

この欲求によって人は、最新流行の服装をし、最新の車を運転し、子供の自慢をするのです。

多くの青少年が非行に走るのも、この欲求からです。ニューヨークの警察本部長を務めたマルルーニ氏によると、若者の犯罪者は一般的に自我が強く、逮捕されると、自らを英雄扱いした新聞を見せるよう要求したそうです。時代の有名人たちといっしょに、自分の写真が紙面に載っているのを眺めていれば、服役という不愉快な可能性から目をそらすことができるのです。

この欲求をどうやって埋めるかで、人間性がわかります。それは、人格を決定する最も重要なことです。例えば、ジョン・ロックフェラーは、中国の無数の貧民のために、北京に近代的な病院を建てる資金を寄付することで、その欲求を埋めています。一方、ギャングのディリンジャーは、銀行強盗や殺人などで、その欲求を埋めました。FBI捜査官たちに追われる中、ミネソタの農家に駆け込んだ彼は、自ら名乗りました。凶悪犯だということが自慢だったのです。「あんたたちを傷つけるつもりはない。俺はディリンジャーなんだ！」ディリンジャーとロックフェラーとの大きな違いは、自分の価値を感じたいという欲求を、どうやって埋めたのかということです。

歴史は、自己有用感を得ようと奮闘する有名人たちの、興味深い実例の宝庫です。ジョージ・ワシントンでさえ「アメリカ合衆国大統領閣下」と呼ばれたがりました。コロンブスは、「大洋の提督」や「インド総督」という称号を嘆願していますし、ロシアのエカチェリーナ2世は、「陛下」宛てとなっていない書簡を開封しませんでしたし、リンカーン夫人はホワイトハウスで、グラント将軍夫人に向かって「私がすすめる前に、よくもまあ、着席できたものね!」と詰め寄っています。

アメリカの大富豪たちがバード提督の南極遠征に資金援助した際、氷の山脈を彼らにちなんで命名することが了解事項でした。文豪ヴィクトル・ユーゴーは、ほかならぬパリ市の名称を、自らにちなんで変更させようとしました。文豪中の文豪シェークスピアでさえ、家の紋章を手に入れることで自分に箔を付けようとしています。

有用感の欠乏は心身に影響する

正しくない方法で、同情と注目を引こうとする人もいます。マッキンレー夫人は、大統領である夫に公務をおろそかにさせることで、有用感を得ていました。時には何時間も添い寝に付き合わせ、眠りに落ちるまで腕枕させたのです。歯の治療にも夫を立ち会わせ、夫が国務長官と会うために出かけようとしたら、大騒ぎをしました。

作家のメアリー・ラインハートは、有用感を得るために病気になったという、若く活発な女性の話をしてくれたことがあります。「ある日、この女性は何かに直面したの。年齢的に結婚が望めないとか、この先、孤独で楽しみもあまりないと思ったのかもしれないわ。彼女が病床に就いてから10年間、年老いた母親が、3階まで往復して食事を運んで看病していたのよ。でも、母親が看病に疲れて亡くなってしまうと、病気の彼女は、何週間かは落胆したけれど、そのうち起き上がって着替えると、元通りに暮らし始めたわ」

厳しい現実の世界で得られない有用感を夢の世界に求め、実際に心を病む者がいると指摘する専門家もいます。アメリカの精神疾患の入院患者数は、全疾患の中で最も多いのです。高校生の16人に1人が、精神科病棟で人生の一部を過ごすことになります。あなたが15歳以上でニューヨークに住んでいるなら、精神科病棟に7年間入院する可能性が20分の1あります。

なぜ精神に異常をきたすのでしょうか?

ある高名な精神科病院の医長に、それを尋ねました。彼は、この分野で最高の栄誉を得ており、誰もが欲してやまない賞も受賞していますが、「なぜ人が精神に異常をきたすのかわからない」と率直に答えてくれました。確実なことは誰にもわかりません。ただし、現実世界では得られなかった有用感を、病んだ世界の中で得る人は多いとのことでした。そして、こんな話をしてくれました。

「現在、結婚が悲劇となった一人の患者を担当している。彼女は結婚によって、愛情、性的満足、子供、社会的信用を望んでいたが、その夢はすべて打ち砕かれてしまった。夫は彼女を愛さず、一緒に食事することを拒み、2階の自室に食事を運ばせていた。子供も得られず、思ったほどの社会的信用も得られない。彼女は心を病んでしまった。空想の中で夫と離婚し、旧姓を使い始めた。今では、イギリスの貴族と結婚していると信じていて、自分をレディー・スミスと貴族の敬称で呼ぶよう求めている。そのうえ、毎晩、新しい子供を産んでいると想像している。彼女に会うと毎回、『先生、私は昨晩、赤ちゃんを産んだの』と言う」

彼女の理想を乗せた船は、とげとげしい現実という岩礁に、すべて打ち砕かれてしまいました。しかし、明るく太陽の照る狂気の島では、数々の船が帆を膨らませマストで風を切りながら、先を争うように港に入ってきているのです。

これが悲劇かどうかはわかりませんが、医師は私にこう言いました。「もし自分が手を差し伸べて、彼女を正気に戻すことができるとしても、そうしたくありません。彼女は今の状態のほうが、ずっと幸せなのです」

正気を失った人々が、私たちより幸せなこともあります。正気でないのを楽しんでいる人もいます。そうしてはいけない理由があるでしょうか？　彼らは自分の問題を解決しました。心の底から望んだ有用感を、自分が創造した夢の世界で見つけたのです。

有用感を欲するあまり、実際に精神に異常をきたす人がいるくらいです。心から相手を尊重すれば、どれほどの奇跡が起こせるか想像しましょう。

心から評価し、惜しみなく称賛する

鉄鋼王アンドリュー・カーネギーは、チャールズ・シュワブに１００万ドルの年俸を与えていました。シュワブが天才だったからでしょうか？　いいえ、違います。彼が誰よりも製鉄に詳しかったからでしょうか？　とんでもない。本人から聞いたことですが、彼より製鉄に詳しい部下は大勢いたそうです。シュワブはまさに人間を扱っていました。人は認められることに飢えている、と本能でわかっていた彼は、人々に称賛と感謝を与えたのです。

多額の報酬が得られるのは人を扱う能力があるためだ、とシュワブは言います。その秘訣は何でしょう？　ここに、彼自身の言葉を書き留めておきます。

シュワブが語ったことは、青銅のプレートにして全国すべての家庭や学校、店舗や事務所の壁に飾っておきたいほどです。子供たちは、ブラジルの年間降水量やラテン語の動詞活用を覚えて時間を無駄にするより、彼の言葉を覚えたほうがいいでしょう。

実行するだけで、私たちの人生を完全に変える言葉です。

「私は人の熱意を呼び起こすことができる」シュワブは言いました。「人から最大の力を引き出す方法は、感謝と激励だ。上司からの批判ほど、人の熱意を潰すものはない。私は誰も批判しない。人には働く意欲を与えるのが正しい。だから私は、ほめることには積極的だが、あら探しには消極的だ。気に入ったことは〝心から評価し、惜しみなく称賛する〟」

平均的な人間は、正反対のことをします。気に入らないことがあれば悪魔のようになるのに、気に入ったことがあっても何も言いません。

シュワブは断言します。「私は、世界中で多くの優秀な人々と広く交流を持ってきたが、どれほど優秀で地位の高い人だろうと、称賛されるより批判されるほうが良い仕事ができたり、さらに努力できたりする人は見たことがない」

実は、彼が言ったことは、アンドリュー・カーネギーの驚異的な成功の理由の一つと重なります。カーネギーも裏表なく人を称賛しました。墓碑にさえ人への称賛を残そうと、自らこのような碑文を書いています。「己より賢い者を集めし者、ここに眠る」

ジョン・ロックフェラーの人を扱う第一の秘訣は、心から相手を尊重することです。ある時、彼が事業の一つを任せていたエドワード・ベッドフォードが、南米での買いつけに失敗し、100万ドルの損失を出しました。ロックフェラーは非難するところでしたが、ベッドフォードが最善を尽くしたことは理解していました。そこでほめる点を探し、投資額の60パーセントを節約できたことを、「素晴らしい。私でも毎度そうはいかない」と称賛しました。

ブロードウェイで最も成功したプロデューサーであるフローレンツ・ジーグフェルドは、ミュージカル映画の大ヒットで名声を得ました。彼は何度も、誰も振り返らない地味な少女を、舞台の上で、神秘と誘惑に満ちた華やかな美女へと変身させています。称賛と尊重の価値を知っているため、紳士的な気遣いと思いやりで、女性に美を自覚させることができたのです。実際、彼はコーラス・ガールの給料を6倍近くまで引き上げました。映画の公開初日には出演するスターたちには祝電を送り、ショーに出るコーラス・ガールの一人ひとりに大量のバラを贈っています。

相手を尊重する気持ち

以前、私は、ファスティング（断食）への興味が高じて、6昼夜何も食べずに過ごしたことがあります。難しくはありませんでした。2日目の終わりより、6日目の終わりのほうが、空腹の度合は少なく感じたくらいです。とはいえ、もし家族や従業員に6日も食べ物を与えないでいたら、犯罪のように思われるでしょう。ところが、人間が食べ物と同じくらい渇望してやまない、尊重の気持ちとなると、6日でも6週でも時には60年でも、与えないままにしているのです。

俳優のアルフレッド・ラントは、映画『維納《ウィーン》の再会』に出演した時、こう言いました。

「自己肯定感への栄養ほど、必要なものはない」

私たちは、子供、友人、従業員の肉体には、栄養を与えているかもしれません。しかし、彼らの自己肯定感には、どれだけ栄養を与えているでしょうか？　栄養補給のためにローストビーフやポテトを与えていても、相手を尊重する言葉かけを怠っています。そうした言葉は、人の記憶の中で、夜明けの星のようにながく輝き続けるものなのです。

「なんとまあ！　お世辞を言えってことか？　それなら、とっくにやっているが、うまくいかないぞ。賢い人には通じないさ」

今、そう思っている読者もいらっしゃるでしょう。

もちろん、洞察力が鋭い人たちに、お世辞はほとんど効果がありません。お世辞は、浅薄で、利己的で、不誠実なものです。効果がなくて当然ですし、たいてい通用しません。

もちろん、お世辞にさえ飢え、草でも虫でもかまわず口に入れる餓死寸前の人のように、何でも鵜呑みにしてしまう人がいるのも事実です。

自称ジョージアの王子、ムディヴァニ兄弟は、次々と有名人たちと結婚したことで有名になりました。なぜ彼らは、結婚市場で大成功したのでしょうか？ 2人の美しく有名な映画スターや世界的プリマドンナ、世界有数の女性資産家バーバラ・ハットンと結婚できたのは、なぜでしょうか？ どうやったのでしょうか？

作家のアデラ・セント・ジョンズは、リバティ誌の記事でこう述べている。

「女性を惹きつけるムディヴァニの魅力は、積年の謎である。

世界的に活躍する女優であり、男性についての目利きであるポーラ・ネグリは以前、『彼らは、今の慌ただしい時代にほかの男たちが失った、お世辞のコツをよくわかっていたわ。それが、女性を惹きつけるムディヴァニの魅力の秘密よ。保証するわ。私にはわかるの』と話してくれた」

英国のヴィクトリア女王さえ、お世辞に影響されやすいところがありました。ディズレーリ首相は、女王とやり取りする際に大袈裟にお世辞を使っていた、と告白しています。彼の言葉で言えば、「コテ塗り」していたそうです。もっとも、ディズレーリは、大英帝国の歴代首相の中で、最も洗練され、手際が良く、機知に富んだ人物です。ある種の天才であり、彼にできたことが、私たちにもできるとは限りません。長い目で見れば、お世辞は、利益より害をもたらします。

お世辞は口先から出ますが、相手への尊重は、心の中から出てきます。私は、お世辞を勧めているのではありません。まったく違います。新しい生き方の話をしているのです。繰り返します。新しい生き方の話です。

英国王ジョージ5世は、バッキンガム宮殿の自室の壁に、6つの格言を掲げていました。その一つは、「稚拙な社交辞令は、差し出すことも、受け取ることもなかれ」というものでした。お世辞は、稚拙な社交辞令に過ぎません。

お世辞さえ言っていれば済むのなら、私たちは全員、とっくに人間関係の達人になっているはずです。

自分のことばかり考えず、人の長所を考える

明確な問題について考えにふけっている時以外、人間は、約95パーセントの時間を使って、自分のことを考えているそうです。しばらく自分のことを考えるのは止めて、他人の長所を考えるようにすれば、安っぽいお世辞に頼る必要がなくなるでしょう。

詩人のエマーソンは言いました。「私が出会うどんな人も、学ぶべきものがあるという点で、ある意味、私より優れている」

エマーソンでさえそうなら、私たちには１０００倍も当てはまりそうです。自分の業績や欲求は忘れ、他人の長所を見つけましょう。お世辞は忘れ、素直に相手を尊重するのです。心から惜しみなくほめましょう。そうすれば、相手はあなたの言葉を大切にし、心の糧にして、一生でも覚えているでしょう。あなたが忘れてしまっても、相手は何年でも忘れません。

原則

2

相手が欲しいものを与える。

3　世界を味方につける方法

毎年、夏になると私は、メイン州へ魚釣りに行っています。個人的には私はクリームをかけたイチゴが大好物ですが、不思議なことに、魚はミミズのほうが好きなのです。魚釣りでは、自分が欲しいものではなく、魚が欲しいものを考えます。私は釣り針に、クリームをかけたイチゴを付けたりせず、ミミズやバッタを付けて、「これが欲しくないかい？」と魚の前で揺らします。

人を釣る時も、同じ方法を使ってみてはどうでしょう？

英国首相のロイド・ジョージは、それを実践しました。ウィルソンやオーランドやクレマンソーといった同時代の指導者たちが政治の表舞台から去ったのに、なぜまだ権力を保っていられるのかと尋ねられた彼は、「要は、釣り針には魚に合う餌をつける必要がある、と学んだからだろう」と答えています。

私たちはなぜ自分が欲しいものを話題にするのでしょうか？　それは幼稚で、ばかばかしいことです。もちろん、あなたは自分が欲しいものに関心があります。その関心は一生続きます。ところが、あなたが欲しいものには、誰も関心を持ちません。誰でも、自分が欲しいものだけに関心があるからです。

相手の欲しいものについて話し、手に入れる方法を教える

つまり、他人に影響を与える世界で一つだけの方法とは、相手の欲しいものについて話し、それを手に入れる方法を教えることなのです。

相手に何かさせようとする時は、そのことを忘れないでください。たとえば、子供にタバコを吸って欲しくなければ、説教してはいけません。自分の希望も口にしてはいけません。その代わり、タバコを吸うと、野球のチームに入れないかもしれない、とか、100メートル走に勝てないかもしれない、と気付かせるのです。

相手が子供だろうと、子牛だろうとチンパンジーだろうと何だろうと、これを覚えておくのが得策です。ある日、詩人のエマーソンは息子と、子牛を納屋に入れようとしていました。しかし、2人ともよくある間違いをしていました。自分がしたいことだけを考えていたのです。エマーソンが子牛を押し、息子が前から引っ張ります。ところが、子牛もまさに彼らと同じく、自分がしたいことだけを考えていました。脚を踏ん張り、頑固にその

場から動きません。アイルランド人の家政婦が、その窮状を見つけました。彼女は、本や論文こそ書けませんが、こういう時の馬や子牛の感じ方なら、エマーソンよりわかっています。彼女は、子牛が欲しがるものを考え、自分の指を子牛の口の中に入れると、指を吸わせながら、やさしく子牛を納屋の中に導いたのです。

あなたは、生まれてからのすべての行動を、欲しいものや、欲しいことのために行なってきました。では、赤十字に大口の寄付をした時はどうなのでしょう？　この場合も例外ではありません。あなたが赤十字に寄付をしたのは、手を差し伸べたかったからです。美しくて利他的で、素晴らしいことをしたかったのです。

もし、あなたが、それよりお金のほうが欲しかったなら、寄付しなかったでしょう。もちろん寄付が断りづらかったのかもしれませんし、人に頼まれて寄付したのかもしれません。しかし、あなたが何かを望んだから寄付をしたということは、確かです。

ハリー・オーバーストリート教授は、著書『人間行動への影響力』の中で述べています。「行動とは、私たちの基本的欲求が飛び出したものである……仕事で、家庭で、学校で、政治で、人を動かすなら第一に、相手に熱心な欲求を起こさせることが、最善のアドバイスである。これができる人は、全世界を味方につける。できない人は孤独な道を歩く」

アンドリュー・カーネギーは、貧しい青年時代に時給2セントで働き始めて、生涯に3

億6500万ドルも寄付するまでになりました。若いころから、人に影響を与えるには、相手の欲しいものについて話すしかないと知っていました。わずか4年間しか学校に通っていなくても、人の扱い方は学んでいたのです。

それにはこんな話があります。カーネギーの義妹は、2人の息子のことがひどく心配でした。イェール大学に通う息子たちは自分のことに忙しすぎて、家に手紙を出さず、母親からの懸命な手紙にも返事を寄こしません。

そこで、カーネギーは、頼まなくても手紙の返事が来るかどうか、100ドルの賭けを提案しました。賭けに応じる人が現れると、彼は甥たちへ手紙を書き、気心の知れた文章のあと、追伸に、それぞれに5ドルずつ同封したと、さりげなく書いておきました。ところが、実際には彼はお金を同封しなかったのです。その効き目はありました。

2人から手紙の返事が届いたのです。「親愛なるアンドリュー伯父さん　お手紙いただき感謝します……」この続きに何と書かれていたかは、おわかりでしょう。

「相手にやる気を起こさせるには？」と考える

相手に何かをさせたくなったら、口を開く前に、自分自身に問いかけましょう。「やる気を起こさせるには、どうしたらいいだろう？」

そうすれば、自分の欲求ばかり相手に押しつけることもなくなります。

あるニューヨークのホテルの大宴会場を、講演会のためにシーズンごとに20日間借りていた時のことです。

突然、それまでの約3倍の使用料を通知されました。すでにチケットの印刷も配布も終わっています。当然、私は増額分を支払いたくありませんでしたが、その要求をホテル側に伝えたところでどうなるでしょう？　ホテル側も自分たちのことしか関心がありません。そこで2、3日経ってから、ホテルの支配人に会いに行きました。

「通知にはいささかショックを受けました」私は言いました。「しかし、あなたのことは何も責めません。もし、私があなたの立場だったら、私も同じようにしたでしょう。ホテルの支配人としてのあなたの責任は、できるだけ収益を上げることです。そうしなくては、あなたは首になるはずです。では、使用料の増額によって、あなたに発生する利益と不利益を紙に書いてみましょう」

私は便箋を1枚とって、真ん中に線を引き、片方の列に「利益」、もう片方の列に「不利益」と書き込みました。「利益」の下には、「大宴会場が空く」と書き、私は続けてこう言いました。「大宴会場を自由に舞踏会や会議に貸せるようになることは、大きな利点です。講演会より多くの収益をもたらすでしょう。私が大宴会場をその時期に20日間使うことで、ホテルが利益の高い商売の機会をいささか失うことは確かです。

今度は、不利益について考えましょう。第一に、私から入るはずの収益は、かえって減少します。実際、値上げされたら使用料を払えませんので、ホテルはその分の収益がなくなり、私は講演会をどこか別の場所で開かざるを得なくなります。

もう一つ、不利益があります。講演会には、知識人や文化人たちがたくさん集まります。それはホテルにとって良い宣伝になりませんか？　実際、新聞広告に5000ドル出したとしても、講演会ほどには集客できません。それは、ホテルにとって、大きな価値ではないでしょうか？」

私は話しつつ、紙の上にこれら2つの「不利益」を書き、その紙を支配人に手渡しながら言いました。「あなたに生じる利益と不利益の両方を、慎重にお考えいただいたうえで、最終的なご判断をお願いします」

翌日、使用料を3倍でなく5割の値上げにとどめる、という通知を受け取りました。

私が自分の要求を一言も言わず割引に成功していることに、ご注意ください。私は最初から最後まで、相手が望むもの、そして、それを手に入れる方法だけを話したのです。

もし私が感情にまかせて行動し、「チケットは印刷済みだし、発表もしてしまっている。3倍も使用料を上げるとは、どういうことだ？　とんでもない！　ばからしい！　私は払わないぞ！」と支配人の事務所に乱入していたら、どうなっていたでしょうか？　話し合いのはずが、口角泡を飛ばす言い合いになっていたでしょう。それが、どんな結果をもたらすかは明白です。間違っているのは支配人だと説得したとしても、彼のプライドを傷つけてしまうことで、値上げを撤回させるどころか、間違いを認めさせることさえ難しいはずです。

相手の視点から物事を見る

人間関係の高度な技術について、最高のアドバイスを一つご紹介します。ヘンリー・フォード（フォード創業者）の言葉です。

「もし、成功の秘訣がたった一つあるとすれば、それは、相手の視点から物事を見る能力を身につけることだ」

シンプルかつ明快で、含まれる真実は明らかです。ところが、9割の人はそれを無視します。

一例を挙げましょう。明日、あなたに届く手紙を見てください。ほとんどが、その言葉に含まれる重要な教えに反していることがわかります。次の手紙は、広告代理店のラジオ部門の部長が、全国の地方ラジオ局の局長に宛てて書いたものです（カッコ内は私の書き込みです)。

〇〇様

弊社は、ラジオ部門で一流の広告代理店でありたいと願っています。

(他人の会社の願いなど関係ない。私は自分の問題で手いっぱいだ。家は抵当に入っているし、植木は害虫だらけ。昨日は株式市場が反落した。今朝は8時15分の電車に乗り遅れるし、昨夜はジョーンズ家のパーティに呼ばれなかった。医者からは、高血圧だとか神経炎だとか言われている。これ以上何が起きるのかと心配しながら、今朝、出社して自分宛ての郵便物を開封してみたら、ニューヨークの生意気なやつが、自分の会社の願望か何かを書いてきてるじゃないか。何なんだ! 自分の手紙がどんな印象を与えるのか、少しでも想像できないなら、広告業を辞めたほうがいい)

弊社の全国的な広告業務は放送網の要であり、業界トップを何年も維持しています。

(自分の会社が大きくて、資金があって、一番だというんだね? それで? 君の会社がゼネラルモーターズにゼネラル・エレクトリック、それにアメリカ陸軍参謀本部を全部合わせたくらい大きかったとしても、どうでもいい。もし君にハチドリと同程度の知性があれば、私に興味があるのは自分の会社のことであって、君の会社のことじゃないことくらいわかるだろう。君の会社の成功話は、こちらの会社が小さくて重要じゃないと言われてる気がしてくる）

私どもは、各ラジオ番組の締めくくりの言葉を活用して、顧客へのサービスを実施することを望んでいます。

（それは、君の望みだ！　君は紛れもないばかだ。私は君が何を望もうが、ムッソリーニや映画スターが何を望もうが、興味はない。これを言わせるのは、これっきりにして欲しいが、私が関心あるのは私自身が望むものについてなんだ。しかも、このばかげた手紙は、まだ一言もそれに触れていないではないか）

つきましては、弊社が有効に手配できるよう、番組ごとに詳細な、週間の放送情報をご記入ください。

（どういう神経だ！　君の会社の自慢話で、私を小物のように感じさせたうえ、情報の記入まで依頼しておきながら、ものを頼むのに「お願いします」とすら言えないのか）

貴局の最新状況を迅速にご返事いただければ、お互いに役立ちます。

（ばかか！　私が住宅ローンや植木や血圧を心配している時に、秋の落ち葉みたいにあちこちに手紙をばらまき、返事を書けと頼むその厚かましさ。しかも「迅速に」だと？ 私も君と同じくらい忙しいことがわからないのか。そもそも何の権利で私に指図する？ 「お互いに役立つ」と言うが、私にどう役立つかまるでわからないぞ）

敬具

追伸 『ブラックビル・ジャーナル』のコピーを同封しました。ご興味ありましたら、貴局でお取り上げください。

（やっと追伸で、何か私の問題解決に役立ちそうなことが出てきた。なぜ、手紙をこうして始めなかったんだ？ 君みたいな、たわごとを送ってくるような広告屋は、脳に何か問題があるぞ）

自分の問題でなく、相手の問題を解決する

広告を生業とし売り込みの専門家であろうという人間が書く手紙でさえ、この程度ですから、他の職業の人には期待しようがありません。

ここに1通の手紙があります。ある大手貨物輸送ターミナルの責任者が、私の講座の受講生であるエドワード・ベルマーレンに宛てたものです。この手紙が、受け取った人にどんな影響を及ぼすすか？　まずは、読んでみてください。

エドワード・ベルマーレン様

御社から大量の資材が、午後遅くに一度に到着するため、弊社の輸送業務に支障が出ております。これにより、混雑、時間外賃金の発生、貨物の積み込みと輸送の遅れが発生しております。11月10日、御社から５１０個余りの荷物を、午後4時20分に受領しています。

好ましくない影響の解消に向け、ご協力をお願いいたします。前述の日時のような大量の発送については、到着を早めていただくか、午前中に一部をお届けいただけますよう、お願いいたします。

御社は、さらに迅速な配送ができ、到着日を前倒しできます。

敬具

手紙を読んだベルマーレン氏は、こんな感想を持ちました。

「これでは逆効果だ。手紙は、自社の困難を説明することから始めているが、普通、顧客はそんなことに興味はない。われわれの都合を考慮せずに協力が要請されているし、われわれの協力の見返りは最後になってから書かれている。言い換えれば、われわれが最も興味を持つことが後回しにされていて、全体の印象として、協力より反感を感じる」

では、手紙を手直ししてみましょう。自分の問題ばかりを語って時間を無駄にするのではなく、ヘンリー・フォードが言うとおり「相手の視点から物事を見る」のです。

次は、手直しの一例です。最高とは言えないまでも、改善はしているのではないでしょうか?

エドワード・ベルマーレン様

御社は、14年間お取引いただいております弊社の重要顧客です。ご愛顧に深く感謝し、迅速かつ効果的なサービスを、心から提供させていただきます。しかしながら、11月10日のように、午後遅くに大量の貨物を弊社に搬入されますと、残念ながら、それができなくなります。他にも多くのお客様が午後遅くに搬入されるため、どうしても混雑が発生し、御社には搬入をお待ちいただかざるを得なくなり、時には配送が遅れてしまうこともございます。

この好ましからざる事態を回避するため、できれば午前中に搬入していただければ、お待たせすることなく迅速に対応できます。弊社の従業員も残業することなく帰宅し、御社が製造する素晴らしいマカロニやスパゲッティを、夕食に食べることができます。

苦情とお受け取りにならないよう、お願いいたします。御社のやり方に口をはさむ気は毛頭ございません。ただ、より効果的に御社のお役に立ちたいという思いから、本状を差し上げた次第です。

搬入時刻にかかわらず、御社にはつねに全力かつ迅速に対応いたします。ご多忙のところ恐縮です。ご返事は無用にお願いいたします。

敬具

相手の欲しいものを考える

今日も、たくさんのセールスマンやセールスウーマンが、儲からず、疲れ、がっかりしながら、道を歩いています。なぜでしょう？　それは彼らがいつも、自分が欲しいもののことしか考えていないからです。彼らは、私たちが何も買いたくないことを理解していません。買いたいものがあれば、私たちは自分から出かけて行きます。私たちの関心はつねに、自分の問題の解決です。もしセールスマンが、そのサービスや商品が私たちの問題をどう解決するのかを説明すれば、売り込まなくても売れます。顧客は、売りつけられたいのではなく、買いたいのです。

それでも、ほとんどのセールスマンは、顧客の立場から物事を見ようとしません。私は長年、ニューヨーク都心部のフォレストヒルズに住んでいました。ある日、駅に向かって急いでいると、偶然、そこに長く暮らしている不動産業者に会ったので、私は自宅のスタッコ仕上げの外壁の下地が、メタルラスなのか中空タイルなのか、大急ぎで尋ねました。彼はわからないと答え、フォレストヒルズの管理組合に電話すればいいと、わかりきったことを言います。

翌朝、彼から手紙が届きました。私が欲しかった情報をくれたのでしょうか？　電話すれば1分で済むことですから。しかし、そうではありませんでした。手紙は、知りたければ自分で電話をかければいいと繰り返していて、次には、保険の売り込みが始まっていました。

彼は、私の助けになることではなく、自分自身の助けになることにしか、関心がなかったのです。

能力開発の専門家バッシュ・ヤングの本を、彼にあげるべきでした。本を読んでその哲学を実践したら、彼は私に保険を売る1000倍の利益を手にしたでしょう。

プロに限って、同じ間違いをします。数年前、フィラデルフィアの有名な耳鼻咽喉科に行った時のことです。彼は、私の扁桃腺を見るより先に、私の仕事が何かと尋ねました。彼が興味を持ったのは、私の扁桃腺の大きさでなく、資産の大きさでした。彼が気にしているのは、どれだけ私を助けられるかではなく、どれだけ私から金を引き出せるかなのです。その結果、彼は何も得られませんでした。軽蔑した私が、帰ってしまったからです。

利他的な行動は有利に働く

この世界は、このように強欲で身勝手な人々でいっぱいです。だからこそ、利他的に他人に仕えようとする奇特な人には、大きな利点があります。そういう人には、ほとんど競争がありません。ＧＥの会長だったオーウェン・ヤングは「他人の立場に自分の身を置くことができる人や、彼らの気持ちを理解できる人は、どんな将来が待ち構えていようと決して心配する必要はない」と言いました。

大学で古典や微積分を学んだ人でも、自分の心がどのように働くかさえ、ほとんど知りません。大手空調メーカーのキヤリア社に採用された若い大学卒業生たちに、話し方の講義を行なった時のことです。ある参加者が、バスケットボールのメンバーを募集しようとしていました。彼が言ったことは、だいたいこんな内容です。

「バスケットボールをしに来てよ。僕はバスケットボールをするのが好きなんだけど、ここ何回かは、体育館に行ってもメンバーが足りないから、試合ができなかったんだ。この前の夜なんか、メンバーの2、3人がボールを投げまくるから、僕は目に黒いあざを作っちゃったよ。みんな、明日の夜は来てくれよ。僕はバスケットボールがしたいんだ」

彼は、あなたが欲しいものについて何か話しましたか？ ほかに誰も行かない体育館には、行きたくありませんよね？ 彼が欲しいものなんて、どうでもいいことです。目に黒いあざも作りたくありません。

体育館に行けば相手の欲しいものが手に入ると、伝えることもできました。もっと元気になるとか、食欲がわくとか、頭が冴えるとか、楽しいとか、いろいろあるはずです。オーバーストリート教授の賢明なアドバイスを紹介しておきましょう。

「まず、相手に強い欲求を生じさせること。これができれば世界が味方になる。できなければ孤独な道を歩く」

相手の欲しいものと、自分が欲しいものを結びつける

私の講座のある受講生は、小さな息子のことを心配していました。その子供は、やせっぽちで、きちんと食べてくれません。両親は、いわゆる一般的な方法で対処しました。叱

ったり、小言を言ったりしたのです。

その子の関心は得られたでしょうか？　せいぜい外国の祝日に対する関心程度だったでしょう。

30歳の父親の視点を、3歳児に求めるのは無理だということは、少し考えれば誰でもわかります。しかし、父親が期待していたことは、まさにそういうことなのです。ようやくそれがばかげているとわかった彼は、つぶやきました。「息子が欲しいものは何だろう？どうすれば、私が欲しいものと、息子が欲しいものとを結びつけられるだろうか？」

考え始めたら、簡単でした。息子は、三輪車に乗ってブルックリンの自宅前の通りを行ったり来たりするのが大好きでした。ところが、通りの2、3軒先には、ハリウッドでいうところの体の大きな〝悪党〟みたいな子が住んでいて、小さな子から三輪車を取り上げて乗ってしまうのです。

当然、息子は泣きながら母親のところに駆け戻ってくるので、母親が三輪車を〝悪党〟から取り戻してやらなくてはなりませんでした。これが、毎日のように起きています。

小さな息子が求めるものは何でしょうか？　答えはシャーロック・ホームズでなくてもわかります。プライド、怒り、尊重されたい気持ちなど、あらゆる強い感情に突き動かされ、〝悪党〟に仕返しをしたいと思っていたのです。父親が「お母さんが作ってくれるものを食べるだけで、そのうちに、〝悪党〟に勝てるようになる」と言うと、栄養面での問題は何もなくなりました。男の子は、ほうれん草でも、ザワークラウトでも、塩さばでも、体が大きくなるのならどんなものでも食べるようになったのです。

叱るよりほめる

次に、父親はもう一つの問題に取り組みました。息子には、おねしょという好ましくない習慣がありました。

息子は、祖母といっしょに寝ています。祖母が朝起きてシーツを触り「ほら、ジョニー、昨日の夜もまたやっちゃったよ」と言うと、彼はこう言うのです。「違うよ。僕はしていないよ。あなたが、やったんだよ」

叱ったり、叩いたり、恥をかかせてみたり、繰り返し言い聞かせたりしても、ベッドが濡れるのを防げません。どうすれば、この子がおねしょをやめたくなるでしょうか？ 両親は考えました。

子供が欲しいものは何だったでしょう？ 1番目は祖母が着るようなナイトガウンでなく、父が着るようなパジャマです。祖母は、孫のおねしょにうんざりしていたので、それが治るならパジャマを買うと、快く申し出ました。2番目に、息子は自分のベッドを欲しがっています。祖母に異論はありません。

母親は、息子をブルックリンの大きなデパートに連れて行くと、若い女性店員に目配せしながら言いました。「こちらの小さな紳士が、何かお買い物をしたいそうです」

女性店員は丁重に言います。「坊ちゃま、何をご覧に入れましょうか？」

息子は、背伸びして答えました。「僕は、自分のベッドが欲しいです」

ベッドは、翌日届きました。その夜、父親が帰宅すると、息子は叫びながら玄関に走って行きました。「パパ！　パパ！　2階に来て、僕のベッドを見てよ！」

父親はベッドを見ると、チャールズ・シュワブの教え通り、「惜しみなく称賛」してから、言いました。

「このベッドで、おねしょをするつもりはないよね？」

「そんな、しないよ、しないよ！　僕はこのベッドでおねしょをしないよ」

息子は約束を守りました。プライドがかかっていたためです。自分で買いに行った、自分のベッドです。大人のようにパジャマも着ています。息子は大人のように振る舞いたかったのです。そして、その通りにしました。

講座の別の受講生で、電気技師のダッチマン氏の3歳になる娘は、朝食を食べてくれません。叱ったり、お願いしたり、なだめすかしても効果がありません。両親は「娘に朝食を食べる気にさせるには、どうしたらいいか」を考えました。

娘は、母親の真似をするのが大好きでした。大人になった気持ちになるからです。ある朝、両親は娘に簡単な朝食を作らせてみることにしました。娘がシリアルをかき回している時、タイミングを見計らって父親がキッチンに入ります。すると娘は言いました。「あ、見て、パパ。今朝は私がシリアルを作っているの」

何も促されなくても、その娘は大盛りのシリアルを2杯食べました。シリアルに興味が湧いたからです。シリアルを作ることが一種の自己表現になり、自己有用感を感じたからです。

政治家のウィリアム・ウィンターは、「自己表現は、人間に不可欠だ」と述べました。この心理をビジネスに応用してみましょう。素晴らしいアイデアがあれば、ほかの人に、そのアイデアを熱し、かきまぜてもらうのです。彼らはそれが自分のアイデアであるかのように感じ、おかわりまでするでしょう。

忘れないでください。「まず、相手に強い欲求を生じさせること。これができれば世界が味方になる。できなければ孤独な道を歩く」のです。

原　則

3

相手の視点で、相手の問題を解決する。

第 2 章

人に好かれる6つの方法

SIX WAYS TO MAKE PEOPLE LIKE YOU

1　どこでも誰にでも歓迎される方法

子供のころ、ティッピーという黄色い子犬を飼っていました。ティッピーは、心理学の本を読んだことがありません。必要なかったからです。ウィリアム・ジェームズ教授からも、オーバーストリート教授からも、人間関係の教えを受けていません。人に好かれる完璧な方法をすでに知っていたからです。人間が大好きなティッピーが、私を心の底から慕ってくる様子を見れば、私がティッピーを嫌いになるはずがありません。もっと好きになってしまいます。

あなたは、友人が欲しいですか？　それなら、ティッピーにヒントをもらいましょう。ティッピーは本能で知っていました。人に関心を持ってもらおうと2年がんばるより、2カ月、人に純粋に関心を持つほうが、ずっと友達が増えるということを。

他人に関心を持ってもらおうと、あれやこれやと手を出して、人生で回り道をしてしまう人がいます。もちろん、それはうまくいきません。相手は、あなたにも私にも関心がないからです。関心があるのは、朝から晩まで、自分自身のことなのです。

ニューヨークの電話会社は、どんな言葉が最も使われているか調べようと、通話について詳細な研究を行ないました。ご推察の通り、それは人称代名詞の「私」です。500件の通話中に、3990回使われていました。「私」、「私」、「私」、なのです。

あなたは自分の入った集合写真を見る時、最初に誰を探しますか?

あなたが相手のことを一番に考えているわけでもないのに、なぜ相手があなたに関心を持つべきなのでしょう? ペンを持って、今、ここに答えを書いてみてください。

・・・

人の関心を引こうとするだけでは、誠実な真の友達をたくさん得ることはできません。真の友達は、そんなやり方では作れないのです。

ナポレオンは、妻ジョゼフィーヌとの別れの場面で、「私は世界中で誰より運が良かったが、私が信頼できる人間は、世界中で君しかいない」と言いました。とはいえ、彼がジヨゼフィーヌさえ信頼していたかどうかは、疑わしいようです。

有名な心理学者アルフレッド・アドラーは、著書『人生の意味の心理学』の中で、「仲間に興味のない人間は、人生では最大の困難にあい、他人には最大の損害を与える。そのような人たちから、人間のあらゆる失敗が生まれる」と述べました。心理学の専門書を何十冊読んでも、これほど大切な文章には出会えません。

ニューヨーク大学で、短編小説を書く講座を受けたことがあります。講師は一流雑誌の編集者でした。毎日たくさんの原稿がやって来ても、段落を2つか3つ読めば、その著者が人間を好きかどうかがわかるそうです。「著者が人を好きでなければ、人々はその人の原稿も好きにならない」からです。その編集者は講座を2回も中断して、説教じみていることを詫びつつ「私が伝えたいのは牧師と同じことだが、忘れないでほしい。作家として成功したいなら、人間に興味を持たなければいけない」と話してくれました。小説を書く時でさえそうなら、人と接する場合には、なおさらです。

人に関心がある人は成功する

有名なマジシャン、ハワード・サーストンのブロードウェイでの最終公演で、楽屋を訪ねました。彼は、奇術界の長老にして王者です。世界中を40年間旅し、幾度となくイリュージョンを創り出し、観客を神秘に巻き込んで驚きに息を呑ませてきました。6000万人以上の人々が入場料を払い、彼は当時200万ドルの利益を得ました。

成功の秘訣を尋ねたところ、学歴はまったく関係ありませんでした。彼は少年の時に家出して放浪生活をしています。貨車に勝手に入り込んで干し草の中で寝て、ドアからドアへ食べ物を乞い、鉄道沿線の看板を貨車から見て、読むことを学びました。

彼は、マジックについて優れた知識を持っていたでしょうか？ そうではない、と彼は言います。手品の本はたくさんあるし、自分が知っていることはみんな知っているというのです。しかし、彼には、誰にもないものが2つありました。ひとつは、観客に対する表現力です。彼には、ショーマンシップがあり、人間に対する理解がありました。身ぶり、声の抑揚、眉を上げる動作の一つひとつが、慎重にリハーサルされていて、秒単位で動きが決められています。

さらに、人間に対する純粋な興味がありました。彼が言うには、多くのマジシャンは観客を見て、「カモがたくさんいる。田舎者め。みんな騙してやろう」と思うそうです。

彼のやり方は、まったく違います。彼は舞台に立つと、毎回こう思うのです。「私に会いに来てくれて、ありがとう。おかげでとても快適な暮らしができている。できる限り精一杯、ベストを尽くそう」

彼は舞台に踏み出す時はいつも、「私は観客を愛している。私は観客を愛している」と、何度も心の中で繰り返しているそうです。おかしいでしょうか？　ばかげているでしょうか？　どう考えていただいてもかまいません。最も有名なマジシャンの成功の処方箋を、そのまま、あなたに伝えただけです。

ルーズベルトの人気の秘密

オペラ歌手のエルネスティーネ・シューマン＝ハインクも、私にほぼ同じ事を話しています。飢えと心労で一度は子供と一緒に死を考えたほど、その半生は多くの悲劇に満ちていましたが、彼女は歌で頂点に上りつめ、ワーグナー作品の歌唱で空前の成功を収めました。彼女もまた、自身の成功の秘密の一つとして、人間への強い関心を挙げています。

セオドア・ルーズベルトの驚異的な人気の秘密も同じです。使用人さえ彼を敬愛していました。執事のジェームズ・アモスは、ルーズベルトについての本の中で、象徴的な出来事を記しています。

ある日、私の妻が、大統領にウズラについて質問しました。それまでウズラを見たことがなかった妻に、彼はくわしく説明してくれたのです。しばらくして、私たちの小屋の電話が鳴りました（アモス夫妻はルーズベルト家の私有地の小さな小屋に住んでいた）。妻が出ると、ルーズベルト本人からです。私たちの小屋の窓の外にウズラがいるから、外を見たら見えるかもしれない、と言います。こうした小さなことに気を配るのが、彼でした。彼は、小屋のそばを通るたび、私たちの姿が見えなくても、「おーい、アニー」、「おーい、ジェームズ」と親しみを込めて声をかけてくれました。

そのような雇い主を、好きにならないはずがありません。誰でも彼を好きになってしまいます。ある日ルーズベルトは、タフト大統領夫妻の不在中に、ホワイトハウスを訪問しました。その時、自分の在任中からいたホワイトハウスの使用人からキッチンのメイドまで、全員を名前で呼んで挨拶したそうです。当時の軍事顧問アーチー・バットは、こう記録しています。

彼がキッチンメイドのアリスに会うと、彼女に、まだトウモロコシのパンを作っているか、と尋ねた。アリスは、使用人たちのために時々作るけれども上流の方々は誰も食べません、と答えた。

「彼らは、趣味が悪い」ルーズベルトは大声で言った。「今度会ったら、大統領に伝えておこう」

アリスが皿にひと切れ乗せて差し出すと、彼はそれを頬張りつつ、途中で出会う庭師や作業員に挨拶しながら、執務室のほうへ向かった。

彼は、一人ひとりに、昔のように言葉をかけた。それは今でも語り草になっている。アイク・フーバーは、両目に涙を浮かべながらこう言った。「ここ2年でいちばん幸せな日でした。お金には換えられません」


同じく、他者の問題に向ける強い関心により、チャールズ・W・エリオット博士は、歴代屈指の成功をおさめた学長と言われています。彼は、南北戦争が終結した4年後から、第一次世界大戦勃発の5年前まで、ハーバード大学を率いていました。

1年生のL・クランドンがある日、学生融資基金から50ドル借りようと、学長事務室に行った時のことです。融資が認められると、クランドンは心から感謝を伝えて、立ち去ろうとしました。

クランドン自身の言葉から引用します。

「エリオット学長が、『どうぞ掛けて』と言いました。それから学長は驚くようなことを言い始めたのです。『君は自分の部屋の中で自炊しているそうだね。君が良い食事を十分に摂っているなら、それが悪いこととは、まったく思わないよ。私も大学の時、同じことをしていたからね。君は、ミートローフを作ったことがあるかね？　十分に熟成した子牛の肉で作れば、無駄もないし最高だ。これは、私が以前それを作った時のレシピだ』

それから、肉の選び方や、スープがゼリーに変化するくらいゆっくり料理する方法に、肉の切り分け方、さらにそれを一つのフライパンの中で一方に押しやって、冷たくして食べる方法を教えてくれました」

人は自分を称賛してくれる人を好む

これは私の個人的な経験ですが、強く関心を持てば、非常に多忙な人からでも、注目や時間、協力が得られます。

数年前、私はブルックリン芸術科学協会で、小説の創作講座を企画しました。私たちは、当時有名で多忙な作家たちにブルックリンまで来てもらい、経験を話してもらおうと考えました。そこで、私たちは彼らの作品を称賛しており、彼らの言葉に深い関心がある、ぜひ成功の秘訣を学びたいという趣旨の手紙を書き、約150人の学生の署名を集めました。

また、講演を準備する時間がないほどご多忙のことと承知しています、と書き添えて、作家自身についてや仕事の方法についての質問を表にして、同封しました。これが気に入られたのか、作家たちは、ブルックリンまでやって来てくれました。
同じ方法で、セオドア・ルーズベルト内閣の財務長官レスリー・ショー、タフト内閣の司法長官ジョージ・ウィッカーシャム、元国務長官ウィリアム・ブライアン（ウッドロー・ウィルソン内閣）、フランクリン・ルーズベルト、そのほか大勢の著名人を招いて、話し方講座の受講者のために講演してもらっています。

肉屋でもパン屋でも、玉座に君臨する王様でも、私たちは誰でも、自分を称賛してくれる人が好きなのです。

第一次世界大戦の末期、世界一憎まれていたのは、おそらくドイツ皇帝です。オランダに亡命後は、自国民からさえ憎まれています。何百万人もの人が、彼を八つ裂きにするか火あぶりにしたいと願っていました。
この憤怒の嵐の中、ある小さな男の子が、優しさと称賛に満ちた、素直で誠実な手紙を、皇帝に書き送りました。他の人がどう思おうと、自分はつねに皇帝陛下を敬愛します、と書かれた手紙に皇帝は深く感動し、その少年を招きました。やがて皇帝は、その少年の母親と結婚します。その小さな少年は、人を動かす方法について本を読む必要はありませんでした。どうすれば人が動くか、本能的に知っていたのです。

友人を作るには、相手のために行動する

友人を作りたいなら、他人のためになることをしましょう。時間とエネルギーをかけ、他人のために気を配るのです。英国のウィンザー公は、皇太子のころ、南米への旅行を計画しました。公式な挨拶はその国の言葉で行なおうと、出発の前に何カ月間もスペイン語を勉強しました。おかげで、南米で大人気になりました。

私は長い間、努めて、友人たちの誕生日を調べるようにしてきました。占星術はまったく信じていませんが、人間の性格と気質が誕生日と関係があるかどうかを話題にして、誕生日を教えてもらいます。たとえば、相手が11月24日と答えると、私は心の中で「11月24日、11月24日」と繰り返しつつ、こっそり相手の名前と誕生日をメモして、後から専用の記録帳に書き写します。年初に、これらの誕生日をカレンダーに記入しておけば忘れません。誕生日が来れば、手紙か電報を届けます。効果はてきめんでした！ その人の誕生日を覚えているのは私だけということも、たびたびありました。

友達を作りたかったら、元気に熱意を込めて人にあいさつしましょう。誰かが電話をかけてきたら、同じ原理を使います。その人から電話をもらって、どれほど嬉しいかを伝えるつもりで、「もしもし！」と言ってください。ニューヨークの電話会社は、オペレータ

ーを養成する学校に、「番号をどうぞ」と言う時は「おはようございます。あなたのお役に立てるのがうれしいです」という気持ちで話すよう、指導させています。電話に出る時、これを覚えておきましょう。

この原理は、仕事でも役に立つでしょうか？　多くの具体例を挙げることができますが、2つだけご紹介します。

ニューヨークでも最大手の銀行で働くチャールズ・ウォルターズは、ある会社の機密報告書の作成を命じられました。その会社の最も重要な情報を知る人物は、1人しかいません。その会社の社長です。ウォルターズ氏がその会社の社長室を尋ねると、秘書の女性が社長に、今日は切手を持ってきていません、と伝えているところでした。

「12歳になる息子のために、切手を集めていまして」社長は、ウォルターズ氏に説明しました。

ウォルターズ氏は、訪問の目的を伝え、質問を始めました。

社長の言うことは、無難で漠然として、はっきりしません。社長は話したくないのです。短くて不毛な面談でした。

ウォルターズ氏は、この時のことを講座で発表しています。

「率直に言って、私はどうしたらいいかわかりませんでした。やがて、秘書が彼に言っていたことを思い出しました。切手、12歳の息子……、その時、私の銀行の国際部門で世界中から来る手紙の切手を集めていることを思い出したのです。

翌日の午後、私はその社長を訪ねて、息子さんのためにいくつか切手を持って来たと伝えました。もちろん、社長は大歓迎です。選挙に立候補中だとしても、あれほどの熱意で握手をしてくれないでしょう。彼は、笑顔で好意的な態度を見せました。彼は切手を大事そうに触りながら、『息子のジョージが喜ぶぞ』とか『これを見てくれ。掘り出し物だ』と、つぶやいていました。

私たちが、30分ほど切手の話をしたり、彼の息子の写真を見たりして過ごすと、やがて彼は、私が欲しかった情報の詳細を、１時間以上も話してくれました。さらに、こちらが何も頼まなくても、知っていることを全部教えてくれたうえ、部下を呼んで尋ねてくれたり、知人に電話してくれたりしました。彼が与えてくれた数字や報告書などの情報で、私は、新聞記者の用語で言う、スクープを得たのです」

相手の問題に関心を持つ

次は、フィラデルフィアのナフル氏の事例です。彼は何年も、大手チェーン店に燃料を売ろうとしていました。しかし、そのチェーン店は、市外の販売業者から燃料を買い続けており、それはナフル氏のオフィスの目の前を通って運ばれていきます。ある晩、ナフル氏は私の講座で、チェーン店は国家の敵だと、怒りに満ちたスピーチを行ないました。

ところが、彼はまだ、なぜ売ることができないのかわかっていません。

私は、作戦を変えました。簡単に説明しましょう。まず、チェーン店の広がりは、国に害をもたらすかどうかについて、講座で、討論会を開催することにしました。

ナフル氏には、あえてチェーン店を擁護する立場を取ってもらいました。彼は、嫌っているチェーン店の重役のところに直接出かけていきました。「私は、燃料を売るために来たのではありません。一つお願いがあって来ました」それから討論会のことを話しました。「ご助力をいただきたいのです。必要な情報をお持ちの方は、あなた以外に思いつきません。私は、この討論に勝ちたいのです。ご援助もお願いいたします」

ここからは、ナフル氏自身の言葉です。

「私は、1分だけ時間をいただいていました。そういう約束だったのです。私が用件を話すと、彼は私に椅子を身ぶりですすめ、正確に1時間47分間、話してくれました。彼は、チェーン店についての本を執筆している別の重役を呼んでくれました。チェーン店協会の会誌に寄稿しているその重役は、討論のテーマに関する内容を入手してくれました。彼は、チェーン店が人類に貢献していると信じていて、自分がたくさんの地域に貢献したと誇りに思っていました。目を輝かせて、その話をしてくれたのです。これまで夢にも思わなかったものごとに対して、目が開かれたことを、私は認めなければなりません。彼は、私の考えを変えました。私が帰る時には、ドアまで送ってくれ、私の肩に手をまわしながら討論会での健闘を祈っていると言い、ぜひ結果を知らせてほしい、と言いました。最後にこう付け加えました。『春にもう一度会いましょう。あなたに燃料を発注します』
まるで奇跡です。私は提案さえしていないのに、彼は燃料を買うと申し出てくれました。私の商売に関心を引き寄せようとしてきた10年間より、彼の問題に強い関心を寄せた2時間のほうが、成果があったのです」
ナフル氏は、新しい事実を発見したのではありません。紀元前100年の昔、ローマの喜劇作家プブリリウス・シルスが、「人間が他人に関心を持つのは、相手から興味を持たれた時だ」と言っています。人から好かれたいなら、これを実践しましょう。

原則
1
人に深い関心を持つ。

2　第一印象を良くするシンプルな方法

ある晩、ニューヨークのセントラルパークで開かれた晩餐会に出席した時のことです。招待客の一人だった大資産家の女性相続人が、しきりに、みんなに良い印象を与えようとしていました。彼女は、クロテンの毛皮やダイヤモンド、真珠にはお金を費やしていましたが、自分の顔は、気にかけていませんでした。彼女の顔には、気むずかしさとわがままが表れていました。表情は衣装より大切です。そんな当たり前のことが、彼女にはわかりません（ちなみに、この話は、あなたの妻が毛皮のコートを欲しがっていたことを思い出す、良いきっかけになったでしょう）。

チャールズ・シュワブは、自分の笑顔には100万ドルの価値があると、私に話してくれました。それは控え目な数字です。彼の桁外れな成功のほぼすべてが、自身の個性、魅力、人に好かれる能力によって、もたらされました。その最大の要因こそ、彼の笑顔だったのです。

ある日の午後、私は俳優のモーリス・シュヴァリエと一緒に過ごしました。率直に言って失望しました。彼は浮かないむっつりした顔を見せ、私の期待とはまったく違っていたからです。ところが、彼が笑顔を見せたとたん、印象が一変しました。雲の間から現れた太陽のような笑顔だったのです。その笑顔が無かったら、彼はまだパリで、父と兄弟の仕事を手伝う家具職人だったでしょう。

行動は、言葉より多くのことを伝えます。笑顔は、「あなたが好きです。あなたのおかげで幸せです。会えて嬉しいです」ということを物語っています。犬が好かれるのも当然でしょう。犬は、私たちを見るととても喜んで、自分の皮から抜け出すかと思うほど飛び跳ねてくれます。自然と、私たちも犬に会うのが楽しくなります。

作り笑いでは誰も騙せません。作り笑いは不自然で不快さを感じさせます。私が話題にしているのは、本当の笑顔のこと、心温まる笑顔のこと、心の底からの笑顔のこと、プライスレスな笑顔のことなのです。

ニューヨークの大手デパートの採用担当責任者は、博士号を持った暗い表情の人を採用するより、学歴はなくても感じの良い笑顔を見せる人を販売員に採用したいと、私に話してくれました。

アメリカ最大手のゴム会社の会長は、人は楽しまなければ何をしても滅多に成功しない、と教えてくれました。このビジネスリーダーは、「夢を叶えるには苦労が必要」という一般的な考えを、あまり信じていません。

「私は、仕事を思いきり楽しんで成功した人を何人も知っているが、その楽しみが苦行に変わってしまうと、仕事は上手くいかなくなり、楽しいことは何もなくなって、やがて失敗してしまうのだ」

自分と会うことを楽しいと思ってもらいたいなら、まず、自分が人と会うのを楽しまなくてはなりません。

人を動かす笑顔の力

何千人ものビジネスパーソンに、1週間のあいだ、一日中誰かに笑顔を見せ続けて、講座でその結果を発表するように指示したことがあります。何が起こったでしょう？　まず、ニューヨークの株式仲買人ウィリアム・スタインハートからの手紙をご覧ください。彼に起きたのは珍しいことではなく、実は、よくあることなのです。

「私は、結婚して18年以上になる。先週まで、妻に笑顔を見せたことは滅多にないし、目が覚めてから仕事に出かけるまで、言葉をかけたこともほとんどない。私ほど不機嫌な男は、ニューヨークにいない。

先生から笑顔についての経験を話すよう言われて思った。1週間なら試してみよう。翌朝、自分の髪を整えながら、鏡に映る浮かないしかめっ面を見て、独り言を言ってみた。『ビル、今日はしかめっ面はやめろ。笑え。たった今から始めるんだ』

朝食をとるため食卓に座ると、妻に『おはよう』と言って笑顔をつくった。

妻が驚くかもしれないという先生の注意は間違いだった。妻は当惑し、ショックを受けていた。私は、これからは毎日こうすると妻に約束した。

私が態度を変えてからの2カ月間に、我が家に訪れた幸せは、去年1年間よりずっと多かった。

出勤する時は、マンションのエレベーター係に『おはようございます』と笑顔で挨拶をし、ドア係にも笑顔で挨拶をする。地下鉄の窓口でお釣りをもらう時も笑顔を見せるし、証券取引所では、私が笑うところを一度も見たことがない人にも、笑顔で接した。

みんなが笑顔を返してくれることは、すぐにわかった。不満や苦情を言いに来る人たちにも明るく接して笑顔で話を聞けば、解決もずっと簡単になる。笑顔は、毎日、財産を運んできてくれるのだ。

私は別のブローカーとオフィスを構えている。相方の部下の一人は、好感の持てる青年だ。笑顔の成果に得意になった私は、人間関係の新しい哲学について彼に話してみた。すると、初対面では私をひどくふてくされた人だと思っていたが、最近はそうは思わなくなったと、打ち明けてくれた。彼が言うには、私は笑うと本当に人間味があるそうだ。

私は、非難することをやめ、尊重と感謝を示した。自分が欲しいものについて話すことをやめて、相手の視点に立とうと心掛けている。こうしたことが、私の人生に文字通り革命をもたらした。私はまるで別人になった。より幸せになって、より豊かになって、友人にも恵まれた。こんなに素晴らしいことはない」

この手紙を書いたのが、世慣れた株式仲買人だということを、思い出してください。彼は、ニューヨーク場外取引所で、独立して株を売買し生計を立てています。それは1万人のうち9999人が失敗する、非常に難しい仕事と言われています。

笑えない時は、無理にでも笑顔を作る

笑う気になれない時はどうしたらいいでしょうか？　無理にでも笑顔を作るのです。1人の時なら、口笛を吹いたり、鼻歌を歌ったり、歌を口ずさんだりしてみましょう。自分はすでに幸せだという前提で行動してください。本当に幸せになります。ハーバード大学のウィリアム・ジェームズ教授は晩年、こう述べました。

「行動は感情に従うようにみえる。しかし行動と感情は同時に起こる。よって意思の力が効きやすい行動のほうをコントロールすれば、意思の力が効きにくい感情のほうも間接的にコントロールできることになる。気持ちが沈んでいる時は、背筋を伸ばし、明るく振舞うのが一番いい」

世界中の誰もが幸せを求めていますが、それを確実に見つける方法が一つあります。それは、あなたの考えをコントロールすることです。幸せは、あなたの外でなく、内側にあるのです。

財産も、地位も、出身も、職業も、あなたの幸不幸に関係はありません。考え方次第なのです。たとえば、同じ場所、同じ仕事で収入と地位も同じくらいの2人の人間がいたとしても、1人は不幸で、1人は幸せかもしれません。心の持ち様のせいです。

シェークスピアは、「物事には良いも悪いもない。考え方による」と著作の中で述べています。

リンカーンは、「人間の幸福は、決意の強さに応じて決まる」と述べました。その通りです。ニューヨークのロングアイランド駅の階段を上っている時、端的な実例を見たことがあります。私のすぐ前に、30～40人の身体の不自由な少年たちが、杖や松葉杖で悪戦苦闘しながら階段を上っていました。ある少年は、担ぎ上げてもらっています。私は、少年たちの笑い声と快活さに驚いて、介助の方に話しかけると、彼はこう言いました。「少年は大きな障害を負うと、最初はショックを受けますが、それを乗り越えると状況を受け入れて、それからは普通の少年と同じように幸せになります」

その少年たちには、頭が下がる思いでした。彼らから学んだ教訓は決して忘れないでしょう。

笑顔は人を引き寄せる

大女優メアリー・ピックフォードが、同じく俳優のダグラス・フェアバンクスと離婚準備中の時、私は彼女に面会しました。彼女は、世間から動揺していて不幸な状態だろう、と思われていました。ところが実際の彼女は、驚くほど穏やかで自信に満ちており、周囲に幸せを振りまいていました。

フランク・ベトガーは、かつて大リーグの三塁手でした。今ではアメリカで最も成功した保険外交員です。彼は、笑顔のある人は常に歓迎されると数年前にわかった、と私に話してくれました。相手のオフィスに入る前、いつも一瞬立ち止まり、自分が感謝しなければならない多くのことを考えるそうです。そうして正真正銘の笑顔を作り上げ、その笑顔がちょうど消えるころに部屋に入ります。

この単純な手法が、保険販売で類まれな成功をおさめたことに、大きく寄与しているそうです。

作家エルバート・ハバードの賢明なアドバイスを熟読しましょう。熟読するだけでなく、実行することも忘れないでください。

「外に出る時はいつも、顎を引いて、頭のてっぺんを高くして、陽の光まで吸い込むほど、深々と呼吸をする。友人たちに笑顔を向け、握手する時は心を込めて。誤解は恐れない。そんなことで、時間を1分と無駄にしてはいけない。

やりたいことは、しっかり心に決めておく。脇道に逸れず、目標に向かってまっすぐ進む。自分がやりたいことから、気をそらさない。日が経つうちに、動かないサンゴ虫が潮流から必要な栄養素を取って成長するように、自分にも目標達成の機会が無意識のうちに集まってきていることがわかるだろう。自分がなりたいと思えるような、有能で熱心で役に立つ人のイメージを思い描く。すると、その思考があなたをそのような人間へと、絶え間なく変化させていく……。思考が最も大切だ。心の持ち方を正しく保とう。勇気があって率直で元気な心だ。思考は現実になる。欲求はすべてのものごとを生み出し、誠実な祈りは叶う。人間は、心が決めたようになっていく。顎を引いて、頭のてっぺんを高くせよ。

私たちは、さなぎの状態の神なのだ」

古代中国人は、「笑顔になれないなら、商売をするな」という、座右の銘にすべき格言を残しています。

笑顔は、お金がかからず、多くを生みます。

一瞬のことなのに、永遠に記憶に残ります。

買うことはできません。せがむものでもありません。借りることも盗むこともできません。与えて初めて、現実に価値を生むのです。

疲れ果てて笑顔になれない人には、あなたが笑顔を向けましょう。

与える笑顔が残っていない人間ほど、笑顔を必要としています。

人に好かれたいなら、これを実践しましょう。

原則

2

笑顔を見せる。

3 好意を得る単純かつ確実な方法

1898年、ニューヨーク州ロックランド郡で起きた悲劇です。ある児童が亡くなって、その当日、近所の人たちは葬式に行く準備をしていました。

ファーリー氏は、馬を出しに納屋へ向かいました。雪が積もり冷たく刺すような空気でした。その馬はしばらく運動不足で、水桶に連れて行かれる途中、急に向きを変えて後ろ脚を高く蹴り上げたため、ファーリー氏を死なせてしまいました。その小さな村では、その週、葬式はひとつでなく、ふたつになってしまったのです。

ファーリー氏が遺したのは、妻と3人の息子、それに少額の保険金です。長男のジムは、10歳で煉瓦工場に働きに出ました。砂を運び、型に流し込み、できた煉瓦を日光で乾燥させる仕事です。この少年ジム・ファーリーは、教育を受ける機会には恵まれなかったものの、生来の愛想の良さで人から好かれ、やがて政界に進出しました。彼は、人の名前を覚えることに、優れた能力を発揮しました。

彼は、高校に通ったことは一度もありませんが、46歳までに4つの大学から学位を贈られ、アメリカ民主党全国委員会の委員長に加え、合衆国郵政長官を勤めています。

彼にインタビューして、成功の秘訣を尋ねたことがあります。

彼は「努力」だと答えました。

「冗談はやめてください」と私が言うと、では理由は何だと思うのかと、逆に尋ねられました。

私は答えました。「あなたが1万人のファーストネームを覚えていることです」

「いや、それは違います」彼は言いました。「私が覚えているのは、5万人のファーストネームです」

彼が大統領選のキャンペーンを仕切ったおかげで、ルーズベルトもホワイトハウス入りできたのです。

ジム・ファーリーは、ギプスの営業で各地を回っていた時や、町役場の書記官として働いていた時に、人の名前を覚えるための方法論を編み出しました。

最初は、とても単純なやり方でした。初対面の人に会う時は、必ずその人のフルネーム、家族、仕事、政治的な意見を聞き出します。それらを、写真を撮ったように覚え、たとえ1年後であろうとも、次に会った時は、背中に手を添えながら家族について尋ねたり、裏庭のタチアオイについて尋ねたりすることができたのです。支持者が増えるのも道理です！

相手の名前に関心を持つ

ルーズベルトの大統領選キャンペーンが始まる数カ月前、ジム・ファーリーは、西部と北西部のすべての州の人々に、1日に何百通も手紙を書きました。それから電車に飛び乗り、馬車や自動車、船を乗り継ぎ、19日間で20州、移動距離にして2万キロ近くを回っています。町に到着すると、人々と昼食や朝食、お茶や夕食を共にしながら、率直な話をしました。それから、また次の旅に急いで出発するのです。

地元に戻るとすぐ、彼は、訪問した町ごとに1人ずつ手紙を書いて、自分と会話したすべての招待客の名簿を求めました。名簿は最終的に何千人分にもなったにもかかわらず、名簿に載った全員が、ジム・ファーリー本人から、個人的かつていねいな手紙を受け取りました。それらの手紙はつねに、ビルやジョーというような相手のファーストネームの呼びかけから始まって、最後は彼のファーストネームであるジムの署名で締めくくられていました。

ジム・ファーリーが若くして気づいたことがあります。「人間が一番関心を持つのは、自分の名前だ」ということです。相手の名前を覚えてさりげなく呼ぶということは、非常に効果的な賛辞を述べたことになります。逆に、名前を忘れたり、字を間違えたりすれば、著しく不利な立場に立たされます。

以前、私は、パリで話し方講座を開こうと、アメリカ人の居住者全員に手紙を送ったことがありました。英語の知識がほとんどないフランス人タイピストが宛名を記入したので、当然、間違いが発生します。パリにある大手銀行の部長からは、自分の名前が間違っていると、強く抗議を受けました。

アンドリュー・カーネギーの成功の秘訣は何だったのでしょう?

彼は鉄鋼王と呼ばれていましたが、製鉄のことは、ほとんど知識がありませんでした。数百人の部下のほうが、はるかに多くの知識があったほどです。

しかし、彼は人の扱い方を知っていました。それが、彼を富豪にしたのです。彼は若いころから、人を組織することに天賦の才があり、天性のリーダーシップがありました。10歳になるころには、人間が自分の名前を驚くほど重視することがわかっていて、それを使って他人の協力を得ていました。

スコットランドで過ごした少年時代、こんなことがありました。彼は1匹のウサギを捕まえます。ウサギは子を産み、小屋はすぐに小さなウサギでいっぱいになりました。餌は足りませんでしたが、彼には素晴らしい考えがありました。近所の子供たちに、ウサギの餌用にクローバーとタンポポを集めてきたら、その子の名前を子ウサギに付ける、と持ちかけたのです。

その計画は魔法のように上手くいき、カーネギーは決してこのことを忘れませんでした。後に、これと同じ心理をビジネスに応用し、巨万の富を築きました。彼がペンシルバニア鉄道に、鋼鉄のレールを売り込もうとしていた時のことです。当時のペンシルバニア鉄道の社長は、エドガー・トンプソンという名前でした。そこで、アンドリュー・カーネギーは、巨大な製鉄所をピッツバーグに建設すると、そこを「エドガー・トンプソン製鉄所」と名付けました。

さて、ここでクイズです。レールが必要になった時、ペンシルバニア鉄道社長のエドガー・トンプソンは、どこから買い付けたでしょうか?

人の名前には価値がある

カーネギーとジョージ・プルマンが、鉄道寝台車事業を巡ってしのぎを削っている時、鉄鋼王はウサギの教訓を思い出しました。

アンドリュー・カーネギーの会社とプルマンの会社は、ユニオン・パシフィック鉄道の寝台車事業を受注しようと、採算を度外視して争っていました。カーネギーとプルマンは、ユニオン・パシフィック鉄道の役員に会うため、ニューヨークにいました。ある晩、ホテルで2人が鉢合わせすると、カーネギーは言いました。

「こんばんは、プルマンさん。私たちは2人とも馬鹿をみていませんか?」

「どういう意味でしょう?」プルマンが説明を求めます。

カーネギーは、考えを伝えました。両社の合併です。対立するより協力して、双方が利益を得ようというのです。プルマンは注意深く聞いてみましたが、どうにも確信が持てず、最後に尋ねました。

「新会社の名称はどうする?」

「もちろん、プルマン・パレス・カー・カンパニーですよ」カーネギーが即答すると、プルマンは顔を輝かせて言いました。

「私の部屋で話しましょう」

その話し合いは、産業史を塗り替えました。

相手の名前を覚え尊重するこの方法は、アンドリュー・カーネギーの統率力の秘訣の一つです。彼は自社の工場の労働者のファーストネームをたくさん覚えていることや、自ら指揮を執っていた時は一度もストライキが起きなかったことを、自慢に思っていました。

また、後にポーランド首相となったピアニストのパデレフスキは、寝台車の黒人の料理人をつねに「ミスター・クーパー」と名前で呼び、敬意を払っていました。彼は15回アメリカに演奏で訪れています。毎回、コンサートが終わると専用客車で同じ料理人が夜食を用意していました。パデレフスキは、当時のアメリカ流に黒人をひとくくりに「ジョージ」と呼ぶことは一度もせず、欧州の礼儀に従ってつねに、彼を「ミスター・クーパー」と呼んだのです。ミスター・クーパーもそう呼ばれることを気に入っていました。

人は、自分の名前をとても誇りに思っていて、それを永遠に残すためにはどんなことでもします。

有名な興行師のP・T・バーナムも晩年、自分の名前を受け継ぐ息子が1人もいなかったことに悩んで、孫のC・H・シーリーに大金を払って「バーナム」姓を名乗ってもらいました。

昔は、金持ちは作家に金を払って、自分宛に本の献辞を書かせていたものです。

図書館や博物館は、歴史に自らの名前を残そうと願う人々の恩恵を受けています。ニューヨーク公共図書館は、多額の寄付者であるアスターとレノックスの名を冠していました。

メトロポリタン美術館には、ベンジャミン・アルトマンと、J・P・モルガンの名を冠したコレクションが残っていますし、ほぼすべての教会には、寄進者の功績をたたえるステンド・グラスが美しく飾られています。

大統領も人の名前を覚える努力をする

人はたいてい、他人の名前を覚えません。記憶するのにエネルギーも時間もかけません。忙しすぎるからと言い訳する人もいますが、フランクリン・ルーズベルトより忙しい人は、誰もいないはずです。それでもルーズベルトは時間を割いて人の名前を覚えました。整備士の名前さえ思い出すことができたのです。

例えば、足が不自由なルーズベルトのために、クライスラーが特別な車を製作した時のことです。担当者はチェンバレンという人で、1人の整備士を伴って車をホワイトハウスに届けました。チェンバレン氏からの手紙が私の目の前にあります。

「ルーズベルト大統領には、特殊な機器がたくさんついた車を操縦する方法をお教えしましたが、大統領からは、人を操縦する方法についての高度な技術を、たくさん教えていただきました。

私がホワイトハウスを訪れた時、大統領は感じが良く朗らかでした。彼は、私を名前で呼んでくださり、私をくつろいだ気持ちにさせてくれました。特に感動したのは、私の説明に大いに興味をお持ちいただいたことです。その車は、手だけで操縦できるように設計されていました。その車を見に、人々が周りに集まってくると、大統領はこうおっしゃいました。

『これは素晴らしい。ボタンを一つ押すだけで動き出して、苦もなく運転できる。大したものだ。仕組みが知りたい。分解して調べる時間が本当に欲しい』

大統領のご友人や同僚のみなさんが車に感心すると、彼は『チェンバレンさん、あなたが、この車を開発するのに費やしたあらゆる時間と努力に、本当に感謝します。これは並外れた素晴らしい仕事です』と、おっしゃってくださいました。彼は、ラジエーター、特別なバックミラーと時計、特別なスポットライト、内装の種類、運転席の位置、トランクの中のイニシャル入りの特別仕様のスーツケースに感心されていました。

つまり、私が丹念に考えた箇所を、大統領は理解し、気に留めてくださったのです。わざわざ、夫人や労働長官のパーキンスさんや秘書の方に、これら様々な機器類をお見せになっていました。ホワイトハウスの老ポーターまでその場に連れて来て、『ジョージ、このスーツケースは、特に気をつけて扱ってくれたまえ』と、ご指示なさるのです。

運転の講習が終わると、大統領は私のほうを見ておっしゃいました。『チェンバレンさん、連邦準備制度理事会を30分待たせてしまいました。仕事に戻ります』

私は、ホワイトハウスに整備士を1人同行させていました。彼は到着した時、大統領に紹介されましたが、大統領とは話しませんでしたし、大統領も彼の名前を一度しか聞いておられません。内気な彼は、後方で控えていました。しかし、私たちが立ち去る間際、大統領は整備士を探し出すと、彼と握手を交わし名前で呼びかけ、ワシントンまで来てくれたことへの感謝を述べておられました。まったく形式的なところのない、心からの言葉だということが、私にもわかりました。

ニューヨークに戻って数日後、私は、ルーズベルト大統領のサイン入りの写真と、私への感謝をあらためて記した礼状を受け取りました。大統領がどのようにして、そんな時間をお作りになられたのか、私には謎です」

相手の名前を覚えるのは、好かれる早道

フランクリン・ルーズベルトは、人の名前を覚えることと相手に有用感を与えることが、好意を得るための最も単純かつ明確で重要な方法だということを、知っていました。ところが、それを実行できる人はどれだけいるでしょう?

初対面の人を紹介されて数分おしゃべりしても、さようならを言う時になって相手の名前を覚えていないことは、よくあります。

「有権者の名前を覚えるのは、政治的手腕である。忘れれば忘れられる」これは、政治家が学ぶ大きな教訓の一つです。

名前を覚える能力は、ビジネスでも社交でも、政治の場面とほぼ同じくらい重要です。

ナポレオン3世の記憶法

ナポレオン・ボナパルトの甥である、フランス皇帝ナポレオン3世は、どれだけ公務があっても、会った人物の名前はすべて覚えていると豪語しました。

どんな方法で覚えたのでしょうか? 簡単です。相手の名前がよく聞き取れない場合は「たいへん申し訳ありません。お名前がはっきり聞き取れませんでした」、珍しい名前だった場合は「どういうスペルですか」、と尋ねるのです。

会話中、意識的に何度も、相手の名前を繰り返すことで、相手の特徴、表情、姿を、記憶に結びつけようとしました。

相手が重要人物であった場合は、さらに工夫しています。1人になるとすぐに、相手の名前を紙に書き、それを見つめて集中し、確実に記憶してから、その紙を破り捨てました。こうして名前を、聴覚からだけでなく、視覚からも覚えたのです。

これをすべてやるのは時間がかかりますが、エマーソンは、「良い習慣は、わずかな犠牲によって作り上げられる」と言っています。

原則 3

人間にとって、自分の名前が最も甘美かつ大切な音であることを、覚えておく。

4 話し上手になる簡単な方法

先日、トランプゲームのブリッジの会に出席しました。私はブリッジをしませんが、そこにはもう1人、やはりブリッジをしない女性がいました。彼女は、私が仕事で5年間ヨーロッパにいたことを知ると、言いました。

「あなたが訪れた素晴らしい場所や光景のすべてを、お聞きしたいわ」

ソファーに座ると、彼女は最近、夫とアフリカ旅行から戻ったところだと言います。

「アフリカですか！」私は大きな声で言いました。「とても興味深い！ 私は常々、アフリカを見に行きたいと思っていますが、一度アルジェに24時間滞在した以外、行ったことがありません。教えてください、大きな猛獣のいる地域には行かれましたか？ 行かれたのですね。なんと幸運なのでしょう。あなたがうらやましい。アフリカのことを聞かせてください」

それから彼女は45分間話し続けました。私がどこに行ったかとか、何を見たかとかについては、尋ねませんでした。私から旅行の話を聞きたかったのではなく、自分の話を興味深く聞いてくれる相手が欲しかっただけなのです。だから、本当にやりたかったこと、つまり、自分のことを話したのです。彼女が変わっていたのでしょうか？　いいえ。ほとんどの人が同じです。興味をもって聞いてくれる人がいれば、誰でも話したくなります。

ニューヨークの出版社のディナーパーティで、私は著名な植物学者に出会いました。植物学者と話すのは初めてだったので、彼にとても興味を持ちました。彼が、大麻や植物学者のルーサー・バーバンク、そして、屋内庭園や地味なジャガイモの驚くべき事実を話してくれている間、私は文字通り、椅子から身を乗り出して聞きました。私も小さな屋内庭園を持っています。彼は優秀で、いくつかあった私の問題を解決してくれました。

その場にはもちろん、他にも、何十人とゲストがいました。しかし私は、無礼にも他の人たちをすべて無視して、何時間も植物学者と話しました。

真夜中になり、私は全員に別れを言って帰宅しました。すると、その植物学者は、主催者に向かって、私を絶賛したそうです。私のことを、「とても刺激的」で「とても興味深い会話の達人」だと言ったというのです。

興味深い会話の達人とは、どういうことでしょうか？　私は、ほとんど何も言っていないのです。たとえ話したくても、話題を変えない限り、私には何も言えることがありませんでした。なにしろ私は、植物のことは、ペンギンの体の構造のことより知らないくらいです。しかし、一心に聞きました。純粋に興味があったので、耳を傾けたのです。それが伝わったのでしょう。当然、彼は喜びました。

そのような聞き方は、誰に対してもできる最高の賛辞の一つです。小説家のジャック・ウッドフォードは、著書で書きました。「心からの注目という賛辞に、抵抗できる人間は滅多にいない」

私は植物学者に、それ以上のことをしました。「心から評価し、惜しみなく称賛」したのです。非常に楽しく得るところがあったと伝えました。本当にそうだったからです。自分にも彼のような知識があれば良かったと言いました。本当にそう願ったからです。一緒に野原を歩きまわりたい、ぜひまたお会いしたい、と話しました。本当にそうしたかったからです。

彼は、私が会話の達人だと考えました。しかし実際は、私はただの聞き上手であって、彼に話を促していただけなのです。

相手の話を聞くことが、会話の秘訣

商談を成功させる秘訣、その奥義は何でしょうか？　学者のチャールズ・エリオットによると、「ビジネストークに成功する秘訣などない……話している相手に細心の注意を払うこと。これほど相手を喜ばせることはないのだから」。

それは自明ではないでしょうか？　ハーバードで4年間勉強しなくてもわかります。商人は高い家賃を払い、商品をできるだけ安く仕入れ、ウインドーを魅力的に飾り付け、広告に大金を費す一方で、客の話を聞く気がない販売員を雇っていることは、みんな知っています。そんな販売員は、客の邪魔をし、気持ちを逆なでし、客をイライラさせて、店から追い出してしまいます。

J・ウットン氏が講座でこんな話をしてくれました。

彼は、あるデパートでスーツを買ったそうです。かなり期待外れでした。スーツの色が落ち、シャツの襟に色移りして黒ずんでしまいました。

返品しようと、彼は、対応した販売員を見つけて話をしました。私は、彼が話を「した」と言ったでしょうか？　すみません、それは誇張でした。彼は自分の話をしようとしましたが、できなかったのです。

販売員に遮られました。「私たちは、そのスーツを何千と売りましたが、こんな苦情は初めてです」販売員は、さらに好戦的な口調で続けました。「嘘をついてはいけません。私たちをだまそうとしているのでは？」

2人目の販売員が話に入ってきました。「暗い色のスーツは全部、最初は少しすり減ります。その価格のスーツでは、それはどうにもなりません。染色の問題ですから」

苦情を満足に変えた3つの行動

「怒りで、はらわたが煮えくり返りましたよ」ウットン氏は言いました。「最初の販売員は、私の正直さを疑いました。2番目の販売員は、私が二流の商品を買ったのだとほのめかしたんです。激怒しましたとも。訴えてやるから地獄に落ちろ、と口に出して言いそうになりました。

その時、突然、支配人がやってきたんです。支配人は自分の仕事をわかっていて、私の態度をすっかり変えてしまいました。怒っている人間を、満足した顧客に変えたのです。どうやったのでしょう？　支配人は3つのことをしました。

第1に、一言も言わず、私の話を初めから最後まで聞きました。

第2に、私の立場に立ってくれました。私が話し終えると、販売員たちは再び自分の意見を言い始めましたが、支配人は私の立場に立って、販売員と議論したのです。私の襟の汚れが明らかにスーツから染み出したものだと指摘しただけでなく、完全な満足感を与えられない製品は店で販売すべきでないと主張しました。

第3に、どうして欲しいか聞いてくれました。支配人はトラブルの原因がわからないと認め、率直に言いました。『スーツはどのようにいたしますか？　何でも言う通りにいたします』

たった数分前の私は、悪態をつく気で満々でした。しかし、その時こう答えたのです。『アドバイスをもらえればそれでいい。この状態が一時的なものなのかどうか、そして何かできることはないか知りたい』

支配人は、もう1週間スーツを着て、試すように提案しました。『それで満足できなければ、持ってきてください。あなたが満足するものを差し上げます。このような不便をお掛けして、申し訳ありません』

私は満足してその店から出て行きました。スーツの問題は、週末にはなくなっていました。私の、デパートへの信頼感は完全に回復しました」

販売員たちは生涯ずっと販売員のままで昇進しないでしょう。いやおそらく、顧客と接触しないよう、包装部門に異動させられるかもしれません。

忍耐強く聞けば、相手の態度が変わる

クレームの常習者や、ひどく過激な批判者でも、忍耐強く共感して聞いてくれる聞き手の存在によって、態度を軟化させることがよくあります。怒ったキングコブラが毒を吐き出すように自分がしゃべり続ける間、黙って聞いてくれる聞き手です。

数年前、ニューヨークの電話会社は、お客様相談窓口を罵倒する、それまでで最も意地の悪い顧客を対応することになりました。その顧客はひどくののしり、わめき立てます。電話を根こそぎ壊すと脅し、料金が間違っていると決めつけて支払いを拒否しました。新聞に投書し、公益事業委員会に無数の苦情を申し立て、複数の訴訟も起こしました。

ついに、会社で一番のトラブルシューター（問題解決の専門家）が、この疫病神のところへ送り込まれました。彼は、厄介な顧客に好きなだけ非難させつつ、同意と共感を示したのです。

「お客さまがわめき続けるのを、3時間近く聞きました」そのトラブルシューターは、講座で自分の経験を話してくれました。「さらに3回、訪問しています。都合4回、彼と面談しました。4回目の訪問が終わる時には、私は、彼が作った組織の創立会員になっていました。〝電話加入者を守る会〟というのだそうです。私は今でもその会員で、また私が

知る限り、彼以外の、世界でただ1人の会員です。

面談の間、私は話を聞き、彼が指摘するすべての点に共感を示しました。彼にそのように接した電話会社の担当者は、私が初めてだったとのこと。やがて彼はほとんど友好的にさえなりました。私は、彼を訪問した理由について、最初の訪問の時だけでなく、2回目、3回目の時でも言及しませんでした。4回目の面談で、本件を完全に終結させました。彼は、すべての請求書を全額支払い、公益事業委員会への苦情を自発的に取り下げました」

その客は自分自身を、無慈悲な搾取から国民の権利を守っている神聖な活動家と考えていたに違いありません。しかし、彼が本当に望んでいたのは、自己有用感だったのです。最初は、攻撃や不満で、その感覚を得ていました。しかし、会社の担当者から有用感を得るや否や、彼の想像上の怒りは跡形もなく消えたのです。


数年前のある朝、1人の顧客が怒って、デトマー社の創業者ジュリアン・デトマーのオフィスに飛び込んできました。同社は後に、ウール製品の世界最大の卸売業者となった会社です。

「その顧客は、私たちに少額の債務がありました」デトマー氏がその時のことを話してくれました。「顧客はそれを否定しましたが、私たちは彼が間違っていることを知っていましたから、信用部門が支払いを求めました。何通も手紙を受け取った後、彼は旅行かばんに荷を詰めてシカゴまで旅して来ると、そんな請求に応じるつもりがないだけでなく、デトマー社からは金輪際、1ドルの商品すら買わないつもりだと怒鳴り込んできたのです。

私は、彼が言うことを全部、我慢して聞きました。口を挟みたくなりましたが、それが悪いやり方だと知っていましたから、私は彼自身に、徹底的に話をさせたのです。彼がようやく興奮から冷めてオープンな気持ちになった時、私は静かに言いました。

『これを伝えにシカゴにお越しくださり、ありがとうございます。私どもの信用部門があなたに不快な思いをさせたなら、他の顧客にも不快な思いをさせているかもしれません。とんでもないことです。あなたには大いに助けられました。もっとお話をお聞かせください』

そんなことを言われるとは、思ってもいなかったでしょう。彼は少し拍子抜けしたかもしれません。文句を言うためシカゴまで来たのに、喧嘩になるどころか、感謝されたのですから。私は、帳簿から請求を取り消すことを約束しました。なぜなら、彼はたった一つの取引に注意深く気を配っていますが、わが社の事務員は何千もの取引を行なっているのです。われわれが間違うより、彼が間違う可能性のほうが小さいのです」

私は彼に、気持ちはよくわかると言いました。もし私が彼の立場だったら、疑う余地なく、彼とまったく同じように感じたはずです。今後わが社から買うつもりはないと言うので、私は他のウール製品を扱う会社を何社かお勧めしました。

それまでは、彼がシカゴに来ると、いつも一緒に昼食を取っていました。そこで、その日も昼食に誘いました。彼はしぶしぶ受け入れましたが、オフィスに戻った時、彼は前にもまして大きな注文をしてくれたのです。そして、穏やかに家に帰りました。その後、わが社が彼にしたように、自分もわが社に対して公正であろうとあらためて請求書に目を通すと、置き忘れていた請求書を一つ見つけ、謝罪と共に小切手を送ってきました。

後に、男の子が生まれた時、彼は息子のミドルネームにデトマーと名付け、22年後に亡くなるまで、友人として、また顧客として、つき合いを続けてくれました」


昔、1人の貧しいオランダ人移民の少年が、放課後に、週50セントでパン屋の窓を洗っていました。家はとても貧しかったので、さらに、毎日バスケットを持って貧民街の通りに出かけては、燃料を運ぶ石炭の台車からこぼれ落ちる、小さな石炭を拾いました。その少年、エドワード・ボークは、人生を通して6年以上の学校教育を受けていません。それでも、アメリカのジャーナリズム史上、最も成功した雑誌編集者として有名になりました。彼はどのようにして、それを成し得たのでしょう？　それは長い話です。でも彼がどのように始めたかについては、短くお伝えすることができます。彼は、この章ですすめる原理を使ったのです。

重要人物ほど、話し上手より聞き上手を求める

13歳のころ、彼は学校を離れ、週給約6ドルで、金融会社ウエスタンユニオンのメッセンジャーボーイになりました。しかし、片時も勉強を諦めず、独学を始めます。アメリカ人の伝記全集を買うお金を貯めようと、交通費を節約し、昼食もなしで済ませました。それから、前代未聞の行動に出ます。著名人の伝記を読むと、本人に手紙を書いて、彼らの子供時代のことを聞き出そうとしたのです。聞き上手だったため、著名人たちにうまく話をさせることができました。当時、大統領に立候補していたガーフィールド将軍に手紙を書き、彼がかつて運河で引き船をしていたのは本当かどうか尋ねました。本人から返事がありました。グラント将軍に手紙を書いて、ある交戦のことを尋ねると、グラント将軍から夕食に招待されました。将軍はこの14歳の少年のために地図を描き、一晩中話をしてくれました。

エマーソンにも手紙を出しました。まもなくエマーソンやリンカーン夫人、オルコットにジェファーソン大統領といった多くの著名人と文通するようになりました。それだけで

なく、休暇が取れるとすぐに彼らを訪問して、客として快く迎えられています。その経験で、かけがえのない自信を得ました。著名人たちは、少年の夢と野心に火をつけ、彼の人生を変えたのです。繰り返しますが、これらすべてのことは、この章で述べている原理を活用するだけで、可能になります。

何百人もの有名人にインタビューしたジャーナリスト、アイザック・マーカソンは、多くの人は、注意深く人の話を聞かないために、好意的な印象をつくることに失敗すると言います。

「みんな、自分たちが次に何を話すかで頭がいっぱいになり、耳を傾けていられない……重要人物は、話し上手より聞き上手な人を好む。どんな優れた特質よりも、聞く能力は素晴らしいもののようだ」

聞き上手を切望するのは、重要人物だけではありません。誰でもそうです。『リーダーズ・ダイジェスト』誌は以前、こんな言葉を掲載しました。

「ただ話を聞いてもらいたくて医者にかかる人間は、珍しくない」

南北戦争中の苦境時、リンカーンは、イリノイ州スプリングフィールドの旧友に、話し合いたい問題があるため、ワシントンに来てほしいと手紙を書き送りました。旧友がホワイトハウスを訪ねると、奴隷を自由にする宣言を発表するか否かを、何時間も彼に語りました。あらゆる反論を考察し、おもに自分自身を非難する手紙や新聞記事を読み上げました。何時間も話した後、旧友と握手し、旧友の意見を求めることすらせず、おやすみと言ってイリノイ州に帰してしまいました。終始、1人で話しただけで、考えがはっきりしたようです。「彼は話をして、ずっと気が楽になったようだった」と、その旧友は言っています。リンカーンは、アドバイスが欲しかったわけではありません。心の重荷を下ろすため、親身になって聞いてくれる相手が欲しかっただけなのです。困っている時は、誰もがそんな相手を欲しがります。イライラした顧客、不満な従業員、傷付いた友人たちも、たいていみなそうです。

自分のことばかり話す人は嫌われる

もし、人から避けられたり、陰で笑われたり、軽蔑されたいのであれば、コツを教えます。人の話を長く聞かない。ひたすら自分について語る。人が話している時、自分の考えを思いついたら途中で遮ることです……。そんな人をご存じですか？ 残念なことに、私は知っています。驚くべきことに、一部は著名人です。

彼らには、まったくうんざりさせられます。自分に陶酔し、自分だけが重要だと思っています。自分のことばかり話す人は、自分のことしか考えません。コロンビア大学学長のニコラス・バトラー博士は、こんなことを言っています。

「自分のことしか考えない人は、どうしようもなく無知だ。教養がない」

話し上手になりたいなら、注意深い聞き手になることです。チャールズ・ノーサム・リーの夫人が言う通り、「相手から関心を持たれたいなら、相手に関心を持ち」ましょう。答えることが楽しくなる質問をしましょう。その人自身のことや、その人が達成したことについて話してもらいましょう。

あなたが話している相手は、あなた自身やあなたが抱える問題よりも、彼ら自身と彼らが抱える欲求や問題に、100倍も関心があるということに注意しましょう。ある人にとっては、中国で100万人が死ぬ飢饉よりも、自分の歯痛のほうがずっと重要なのです。首のおでき一つのほうが、アフリカで40回地震が起きるより、その人にとっては大事です。

会話を始める時は、そのことを考えましょう。

原則
4
聞き上手になる。相手には自分自身のことを話してもらう。

5 人から関心を持たれる方法

オイスターベイにあるセオドア・ルーズベルトの自宅に招かれた人は皆、彼の博識に驚きました。「相手が、カウボーイでも義勇騎兵隊でも、または、ニューヨークの政治家や外交官でも、ルーズベルトは相手に合わせた会話ができた」と伝記作家のガマリエル・ブラッドフォードは書いています。どうしたらそんなことができるのでしょうか？ 答えは単純です。ルーズベルトは、訪問客を迎える前夜はいつも遅くまで、ゲストが特に興味を持ちそうなテーマを調べたのです。

相手にとって最も大切な事柄について話せば、相手の心に近づけるということを、ルーズベルトを含めて、人の上に立つ人間なら誰でも知っています。

イェール大学文学部の元教授ウィリアム・フェルプスは、幼いうちに、この教訓を学びました。『人間』と題したエッセイでこう書いています。

「8歳の時、ストラトフォードのフーサトニックにいる叔母リビー・リンスレーの家で週末を過ごした。ある晩、1人の中年の男性が叔母を訪ね、礼儀正しいやり取りの後、私がいることに気づいた。その頃、たまたまボートに夢中だった私に、彼は、とても面白いボートの話をしてくれた。なんと素晴らしい人だろう！　彼が帰った後、私は彼のことを熱心に語った。すると叔母は、彼がニューヨークの弁護士であり、さらに、ボートについては何も知らずまったく興味がないことを、私に教えてくれた。

『じゃあなぜ、ボートのことを、ずっと話していたの？』

『彼が紳士だからよ。あなたがボートに興味があるとわかって、あなたが喜びそうなことを話したの。感じよく振る舞ったのよ』と叔母は言った」

フェルプス氏は、「私は叔母の言ったことを決して忘れない」と、付け加えています。

相手の興味の対象を見つける

この章を書くにあたり、私の前には、ボーイスカウトの仕事で活躍したエドワード・シャリフからの手紙があります。

「ある日、私は頼み事をしなければならない状況におかれました。スカウトの大きなジャンボリー（催し物）が、ヨーロッパで行なわれることになり、ある大手企業の社長に、少年1名の旅費を寄付してもらいたかったのです。

その社長に会う前、彼が100万ドルの小切手を振り出したものの取引が中止になり、それを額装したことを耳にしました。

社長室に入って私が最初にしたのは、その小切手を見せてほしいと頼むことでした。『100万ドルの小切手なんて、見たこともありません！　少年たちに、この目で見たと話したいんです』と頼むと、彼は快く見せてくれました。私は称賛し、それを振り出すことになったいきさつを話してほしいと頼みました」

お気づきのように、シャリフ氏は、ボーイスカウトやヨーロッパでのジャンボリーのことから話を始めていません。彼が欲しいことについても話していません。相手が興味を持っていることを、話したのです。その結果、こういうことになりました。

「やがて、私が面会している社長が言いました。

『ああ、ところで、何の用件でいらしたのですか？』

そこで、私は用件を打ち明けました。驚いたことに、彼はすぐに快諾しただけでなく、はるかに多くのことを申し出てくれました。私の希望は、少年1名をヨーロッパに送ることでしたが、少年5名と私の分の旅費に加え、ヨーロッパでの7週間の滞在費用を保証してくれました。さらに、現地の支店長宛に紹介状を書いて、私たちに対応するよう指示してくれました。また、社長自身もパリで私たちと合流し、町を案内してくれました。以来、彼には貧困家庭の少年数名に仕事を世話してもらうなど、私たちのグループで活躍してもらっています。もし、私が彼の興味を知らずに会っていたら、10分の1の援助も得られなかったかもしれません」

自分に関心を持ってほしいなら、相手に関心を持つ

この方法は、ビジネスにも役立つでしょうか？　ニューヨークのパン卸売会社、デュベルノア・アンド・サンズの、ヘンリー・デュベルノア氏のケースを見てみましょう。

デュベルノア氏は、ニューヨークのあるホテルにパンを卸すため売り込みを続けていました。4年間毎週、支配人を訪ねました。その支配人が所属する親睦会にも行きましたし、支配人のホテルに部屋まで取って暮らしてもみましたが、うまくいきません。

「その後、人間関係の力学を研究して、戦術を変更することにしました。支配人は、何に興味を持ち、何に熱中しているのか、見つけようと決心したのです。

支配人は、ホテル経営者が属する協会のメンバーであることがわかりました。単に所属していただけではありません。熱心にもその組織の会長と、国際組織の会長も兼ねていました。大会が開かれる時は、山の向こうだろうと砂漠の彼方だろうと、どこへでも行っていました。

そこで、翌日、彼に会った時、私は、その協会のことを話してみました。まったく、なんという反応だったでしょう！　彼は30分間も熱心に語りました。協会は、彼にとって趣味であると同時に、人生をかけた情熱なのです。去り際、彼から会員になるようすすめられました。

私はパンのことは何も言いませんでしたが、2、3日後、ホテルの接客係から、サンプルと価格表を持ってくるようにという電話がありました。その接客係は、私を迎えて言いました。『何があったのか存じ上げませんが、支配人は本当にあなたを気に入っています！』

考えてもみてください！　私は4年も支配人の関心を引こうとがんばってきたのです。もし彼が何に興味を抱いているかを知らなかったら、いまだに、同じことをしていたでしょう」

原則

5

相手の関心事について話す。

6　瞬時に好かれる方法

ニューヨーク8番街の郵便局で、私は書留を出そうと列に並んでいました。局員は、封筒を量ったり、切手やおつりを渡したり、領収書を発行したりする単調な仕事を何年も続けて、飽き飽きしているように見えます。そこで私は、あの局員に好かれてみようと、思いつきました。好かれるためには、私のことではなく、彼のことで何か良いことを言わなければなりません。

そこで、「心から称賛できることが、彼にあるだろうか?」と考えてみました。そうした答えを見つけるのが難しい時もあります。相手が知らない人ならなおさらです。ですが、この時は彼の豊かな髪を見れば、一目瞭然でした。

彼が私の封筒の重さを量っている間、私は熱意を込めて言いました。

「あなたの髪が本当にうらやましい」

やや驚いて、彼は私を見上げます。彼は顔をほころばせて、謙遜しつつ「以前ほど多くはありませんが」と答えました。以前ほどではないかもしれませんが素敵です、と私が断言すると、とても喜んでくれました。感じの良い会話が続いた後、彼は「髪がふさふさだと、よく言われます」とうれしそうに言いました。

その日、彼は、有頂天でランチに出かけたはずです。その晩、家に帰って妻にも話したでしょう。鏡の中の自分に見とれたに違いありません。

講演でこの話をすると、ある男性から質問されました。

「その人から何を得ようとしていたんですか？」

私は、何かを得ようとしたわけではありません！

見返りがないと、わずかでも幸せな気持ちにはなれず、感謝もできないほど心が狭い人には、それにふさわしい失敗が待っているでしょう。

そうですとも。私はとても貴重なものが欲しかったし、それを手に入れています。何も見返りがなかったとしても相手のために何かしてあげた、という「気持ち」を手に入れたのです。この気持ちは、その後も、良い記憶としてとどまります。2000年前にユダヤの丘で教えを説いた、家もお金もない賢人が、ある日、みすぼらしい身なりで付き従う人々に言いました。「受けるより、与えるほうが素晴らしい」

相手がして欲しいことをする

人間の行動に関する重要な法則が一つあります。もし、その法則に従えば、トラブルに巻き込まれることはまずないでしょう。多くの友人ができて、安定した幸せが訪れるはずです。しかし、その法則を破った瞬間、終わりのないトラブルに巻き込まれます。

その法則とは、「常に、相手に価値があると感じさせること」です。既に書きましたが、ジョン・デューイは、人間の最も深い衝動とは「有用でありたい欲求」だと言っています。既に指摘しているように、私たちと動物を区別するのは、この衝動なのです。この衝動こそ、文明の原動力です。

哲学者は何千年も、人間関係の原則を思索してきました。その結果、導き出されたのは、一つの重要な教えです。それは新奇なものではなく、いにしえから伝わるものです。ゾロアスターは2500年前のペルシアで信者に説いています。孔子は24世紀前、中国でそれを説きました。道教の始祖、老子もそうです。仏陀は、キリストが生まれる500年前、聖なるガンジス川の岸で、それを説いています。ヒンズー教の聖典は、その1000年前にそれを説きました。イエス・キリストは、ユダヤの岩だらけの丘でそれを教えました。彼はそれを一つの言葉に要約しています。おそらく、この世で一番大事な原則である、黄金律と呼べるものです。

「己の欲する所を人に施せ」

人は、他人から認められたいのです。自分の真価を認められたいと願っています。たとえ小さな世界でも、自分が重要だと感じていたいのです。安っぽい不誠実なお世辞は聞きたくない一方、心からの尊重を望んでやみません。友人や同僚に、チャールズ・シュワブが言う通り、「心から評価し、惜しみなく称賛する」ようにしてください。みんなそうしてほしいのです。

その黄金律に従い、自分がして欲しいことを、他人にしてみましょう。どうやって？ いつ？ どこで？

答えは、いつでもどこでも、です。

私が、ラジオ番組プロデューサー、ヘンリー・スーベインのオフィスを訪問しようと、ラジオシティの受付に行った時のことです。

小綺麗な制服に身を包んだ係員は、自分の案内方法にプライドを持っているようです。彼は明瞭に「ヘンリー・スーベイン様は（間をおく）、18階の（間をおく）、1816号室です」と言いました。

私はエレベーターに急いで向かってから、途中で振り返って言いました。「上手に教えてくれてありがとう。わかりやすく正確に聞こえたよ」

彼は鼻高々で、言葉を区切る理由や、区切る位置について教えてくれました。私の言葉で、彼はネクタイの結び目をきゅっと上げました。18階に着くと私は、その日の午後の人間の幸せの総量を、ほんの少しだけ増やした気持ちになれたのです。

いつでもどこでも相手に敬意を払う

尊重の魔法は、ほぼいつでも使えます。

たとえば、フレンチフライを注文したのにウェイトレスがマッシュポテトを持って来たら、「お手数おかけして申し訳ありませんが、私はフレンチフライのほうが良いです」と言ってみましょう。彼女はきっと「問題ありませんよ」と、喜んで料理を交換してくれるでしょう。彼女に敬意を払ったからです。


「お手数おかけしてすみません」

「〜していただけませんか?」

「お願いできますか?」

「よろしいでしょうか?」

「ありがとうございます」

こうした小さな礼儀は、単調な日常生活を円滑にする潤滑油であり、同時に育ちの良さも示します。

もう一つ具体例を見てみましょう。ホール・ケインは、小説『永遠の都』などを書いた作家です。何百万人もの人々が、彼の小説を読みました。

彼は、鍛冶屋の息子で、学校教育を受けた期間は8年に満たないほどですが、亡くなる時は、当時、最も裕福な作家になっています。

ソネット（14行詩）とバラッド（物語詩）が大好きで、ダンテ・ゲイブリエル・ロセッティの詩はすべて読んでいました。ロセッティの芸術的業績を称える原稿まで書き、写しをロセッティ本人に送りました。ロセッティは喜びました。「私の能力をここまで評価するとは、若くても優秀に違いない」と思ったのでしょう。ロセッティは、この鍛冶屋の息子をロンドンに呼び、秘書に雇いました。それがホール・ケインの人生の分岐点となりました。彼はその仕事で、当代きっての文学者たちに出会え、アドバイスや励ましに触発され、華々しいキャリアをスタートさせたからです。

彼の邸宅であるマン島のグリーバ城には、世界中から観光客が押し寄せ、彼は多額の遺産を残しました。有名人への賞賛の原稿を書かなかったら、無名で貧しい生涯だったかもしれません。それは、誰にもわかりません。

それが、心から相手を尊重することの素晴らしい力なのです。ロセッティは、自分を重要な人間だと考えていました。それは珍しいことではありません。ほとんどの人が、そう考えています。

誰でも自分のほうが優れていると考えている

どの国でもそれは同じです。

あなたは、自分が日本人よりも優れていると思っているのではありませんか？　実は、日本人のほうも、自分があなたよりはるかに優れていると思っています。

あなたは、自分がインドのヒンズー教徒より優れていると思っているのではありませんか？　そう思うのはあなたの自由ですが、100万人のヒンズー教徒たちは自分を、あなたとは比べものにならないほど優れていると考えています。

あなたは、イヌイットより、自分が優れていると思っていませんか？　そう思うのは自由ですが、イヌイットも、自分があなたより優れていると思っています。イヌイットが白人をどう思っているか、本当に知りたいですか？　イヌイットの間では、働くことを拒否する役に立たない浮浪者のことを、「白い人」と呼んでいます。それは彼らにとって最大の軽蔑を込めた言葉です。
それぞれの国は、自国が他の国より優れていると考えますが、それが生み出すものは、愛国心と戦争なのです。

率直な事実ですが、あなたが出会うほぼすべての人間は、何らかの点で自分のほうがあなたより優れていると思っています。相手の心に届く確かな方法は、相手の重要性をそれとなく認めること、しかも、心から認めているのを相手に感じさせることです。

エマーソンの言葉を思い出してください。
「私が出会うどんな人も、学ぶべきものがあるという点で、ある意味、私より優れている」

残念なことに、自分が何かを達成したと考える人間は、声が大きくなったり、自分を過大評価したりしがちですから、他者に不快感を与えることもあるでしょう。シェークスピアは、それを表現して「人間よ。傲慢な人間よ。束の間の権威を身にまとい……天国の前でふざけて踊り、天使に涙させる」と戯曲の中に書いています。

相手の価値を認める

私の講座の受講生が、この原則を使ってみました。コネティカット州のある弁護士のケースを見てみましょう。親戚たちへの配慮から、仮にR氏とでも呼んでおきます。

講座に参加して間もなく、彼は、ロングアイランドにいる妻の親戚たちを訪ねようと、妻と車で出かけました。

妻は、叔母の話し相手に彼を残して、すぐに1人でほかの親戚のところに出かけてしまいました。尊重の原則をどう応用したかについて近いうちにスピーチすることになっていた彼は、その年輩の女性で試してみようと考えました。そして、心から称賛できることを見つけようと、家の中を見まわしました。

「この家が建てられたのは、1890年くらいですか?」彼は尋ねました。

「はい」彼女は答えました。「まさに、その年に建てられました」

「私の生家を思い出します」彼は言いました。「美しい。造りが良くて広々していますご存じのように、こういう家は、もう造られなくなりましたね」

「おっしゃる通り」老婦人は同意しました。「最近の若い人たちは、美しい家を大事にしません。小さなマンションや電化製品がお望みで、何かというと車で出かけてしまうんですから」

「ここは、理想の家なんです」彼女は、懐かしい思い出に声を震わせていました。「この家は、愛を込めて建てられています。これを建てる前、夫と何年も夢見ていました。設計士は頼まず、全部私たちで設計したの」

彼女に家を案内されたR氏は、彼女が旅行先で選んで生涯大切にしてきた美しい貴重品の数々——ペイズリー柄のショール、年代物の英国製ティーセット、ウェッジウッドの磁器、フランス製のベッドと椅子、イタリアの絵画、フランスの城にかかっていたシルクのカーテン——に、心から称賛の声をあげました。

「それから、ガレージに連れて行かれました」とR氏は話します。「そこにはジャッキで持ち上げられてブロックに固定された、新品同様のパッカードが1台あった」そうです。「夫が亡くなる少し前に、買ってくれた車よ」彼女は穏やかに言いました。「彼が亡くなってから、私は一度も乗っていません……良いものがわかるあなたに、この車を差し上げようと思うの」

「何ですって、叔母さん」R氏は言いました。「そんな大切なものはいただけません。お気持ちはありがたいですが、受け取ることはできません。私は、血縁でもありませんし、新しい車を持っています。パッカードが欲しい血縁の方は、たくさんいらっしゃいますでしょう」

「血縁！」彼女は大声で言いました。「そうね、車が手に入るまで、私が死ぬのをただ待っている者ならいるわ。でも、彼らには渡しません」

「それなら、中古車業者に売るのはどうでしょう」

「売るですって！　私が車を売るとお思い？　あの車を知らない人が乗り回すことに私が耐えられると思うの？　あの車は、夫が私のために買ったの。売るなんて夢にも思わないわ。私は、あなたに差し上げたいの。良いものがわかるあなたに」

R氏は辞退しようとはしましたが、それでは彼女の気持ちを傷つけてしまいます。彼女は、ペイズリー柄のショール、フランス製の骨董品や思い出とともに、大きな家にたった1人で残されて、それらの価値をわかってくれる人もそばにいません。かつては若く美しい女性であり、皆の注目を集めていたでしょう。やがて温かい愛情に満ちた家庭をつくり、ヨーロッパ中から品を集めて、家を美しく飾り付けました。年老いた今は孤独になり、わずかな人間の温かさや尊重を、切望するようになりました。それを与えてくれる者は誰もいません。だから、砂漠の中に泉を見つけたような気持ちになり、パッカードをどうしても贈りたくなったのです。

小さな称賛の大きな効果

もう一つ事例を取り上げます。ニューヨークの園芸業ルイス・アンド・バレンタインのドナルド・マクマホン氏が、この出来事を語ってくれました。

「私が『人を動かす』の講演会に出席してからまもなく、高名な法律家の所有地で造園を手がけていると、シャクナゲやツツジを植える場所を指示しようと、施主が出てきました。

私は言いました。『判事、素敵な趣味をお持ちですね。素晴らしい犬に感心しました。マディソン・スクエア・ガーデンの品評会で毎年入賞するのも当然ですね』

この些細な心遣いの効果は、著《いちじる》しいものでした。

『そうなんだよ』判事は答えました。『犬とは、とても楽しく過ごしているんだ。犬小屋を見てみるかい？』

1時間ほどかけて犬や受賞歴を見せてくれた後、彼は血統書まで出してきて、美しさと知性の血筋を説明してくれました。

最後に、振り向きながら尋ねました。

『君には、小さなお子さんがいるかい？』

『はい、います』私は答えました。

『なら、お子さんは、子犬が好きじゃないかな？』判事が尋ねました。

『ええ、息子は大喜びしますよ』

『それなら、お子さんに1匹あげよう』

彼は子犬の餌のやり方を教えてくれようとしましたが、途中でやめて言いました。

『話しても忘れてしまうだろうから、書いておこう』

判事は、家の中に戻ると血統書と餌の与え方をタイプしてくれました。私は、数百ドルはする子犬と、彼の貴重な時間の1時間と15分をいただいたのです。彼の趣味と成果を、率直に称賛したからです」

成功者も心からの尊敬を欲しがる

コダック社のジョージ・イーストマンは、映画が撮影できる透明なフィルムを発明して1億ドルの財産を蓄え、世界で最も有名な実業家の一人になりました。ところが、こうした驚異的な業績をおさめたにもかかわらず、私たちと同じく、自分の本当の価値を認めてもらいたがっていたのです。

イーストマンがロチェスターに音楽学校とホールを建設していた時のこと。ニューヨークの座席製造会社の社長ジェームズ・アダムソンは、劇場の座席を受注するために、建築家に電話して、現地にいたイーストマンと面会を取り付けました。

アダムソン氏が到着すると、建築家は言いました。

「受注したいなら、ジョージ・イーストマンの時間を5分以上使ってはいけません。彼は非常に厳格で多忙です。すぐに話をして出て行きましょう」

アダムソン氏はそのつもりでいました。部屋に案内されると、イーストマンは、机の上の大量の書類を見ていました。まもなく、顔を上げて眼鏡を外し、「みなさん、おはよう。どのようなご用向きで？」と言いながら、建築家とアダムソン氏のほうに歩いてきました。

建築家がそれぞれを紹介すると、アダムソン氏は言いました。

「イーストマンさん、面会を待つ間、あなたのオフィスに感嘆しておりました。私もこのような部屋で仕事がしたいものです。私は内装業に携わっていますが、これほど美しいオフィスを見たのは初めてです」

「忘れかけていたことを、思い出させてくれたね。ここは美しいだろう？　できあがった時は、大いに楽しんだものだ。でも、多くの事柄で頭がいっぱいで、時には何週間もこの部屋が目に入らないこともあるんだよ」

アダムソン氏は、羽目板に近づくと手で触れ、言いました。

「これは、英国産のオーク材ですよね？　イタリア産のものとは、少し異なる質感です」

「その通り」イーストマンは答えました。「輸入した英国産のオーク材だ。高級木材の専門家の友人が、選んでくれたんだ」

それから部屋を案内し、大きさ、色彩、手彫りの部分のほか、彼が考えた装飾について解説しました。

木工の内装を愛《め》でつつ窓の前で立ち止まると、ロチェスター大学や複数の病院といった社会貢献で作った施設のことを、謙虚かつ穏やかな口調で話しました。アダムソン氏は、人々の苦難を救済するために自らの富を使う彼に、温かい賛辞を送りました。やがて、ジョージ・イーストマンは、ガラスケースの錠を開けて、最初に所有したカメラを取り出しました。あるイギリス人から買い取った発明品とのことです。

アダムソン氏がビジネスを始めた当初の苦労を尋ねると、イーストマンは、貧しかった子供時代のことを話してくれました。未亡人だった母親が下宿を切り盛りする一方、彼は保険会社の事務員として働いたそうです。貧困の恐怖に日夜悩んだ彼は、母親が働かなくて済むように、十分なお金を儲けることを固く決心したといいます。

アダムソン氏はさらに質問して、彼の話を聞きました。乾式感光板の実験の話には、すっかり夢中になりました。事務所で一日中働いたこと、時には夜通し実験をしたこと、化学薬品を使う時は短い仮眠しか取らなかったこと、時には72時間同じ服を着っぱなしだったことを、イーストマンは話してくれました。

アダムソン氏がイーストマンのオフィスに案内されたのは、10時15分。5分以上時間をとらせてはいけないと警告されていました。しかし、１時間が過ぎ、２時間が過ぎても、まだ話は終わりません。

最後に、イーストマンはアダムソン氏のほうを向いて言いました。

「以前、日本に行った時、何脚か椅子を買ってきて自宅のサンルームに置いたんだが、日光で塗料が剝げてしまったんだ。先日、街中で塗料を買って自分で椅子を塗ってみたよ。私が塗装した椅子がどんな感じに仕上がったか、ご覧いただけないかな？　私の家で昼食をとってから、お見せしたい」

昼食後、イーストマンは日本から持ち帰った椅子を、アダムソン氏に見せました。椅子自体にほとんど価値はありませんでしたが、今や億万長者であるジョージ・イーストマンは自分自身が塗装したことが自慢だったのです。

新施設の座席の発注は、たいへん高額になりました。誰が受注したかおわかりですか？　アダムソン氏でしょうか？　それとも競合他社でしょうか？

以来、イーストマンが亡くなるまで、２人は親友でした。

配偶者を尊重する

相手を尊重するという原則は、どこで試したらいいでしょうか？　あなた自身の家で、すぐに始めてはいかがでしょう。相手への尊重が最も必要なのに、これほどなおざりにされている場所は、ほかにありません。

あなたの配偶者にも、良いところがあるはずです。少なくとも、以前はあると思っていたはずです。さもなければ、結婚していなかったでしょう。しかし、あなたが配偶者の魅力に賛辞を贈ったのは、どれくらい前ですか?

数年前、カナダのニューブランズウィックにあるミラミチ川の源流で、釣りをしました。森の奥のひと気のないキャンプ場です。読むことができるのは、地方新聞だけでした。広告まで紙面を全部読みました。中でもドロシー・ディックスの記事はとても素晴らしく、それを切り抜いて今でも取ってあります。彼女によれば、次のような賢明なアドバイスを結婚しようとする人に与えるべきだそうです。

「ブラーニー・ストーンにキスするまで、結婚してはならない。(アイルランドのブラーニー城の石にキスすると、雄弁になれるという言い伝えがある)結婚前は自然に相手をほめるが、結婚後も相手をほめることが必要だ。結婚生活は、率直さを示す場ではなく、外交の場なのだ。

毎日を豊かに送りたいなら、妻の家事をけなしたり、自分の母親と不当な比較をしたりしてはいけない。それどころか、妻の家事を永遠にほめつつ、ビーナスやミネルバのごとき女神の魅力も兼ね備えた唯一の女性と結婚できた自分を、おおっぴらに喜ぶべきだ。たとえステーキが皮のようだったり、パンが燃えかすのようだったりしても、文句を言ってはいけない。いつもの完璧さに、たまたま及ばなかっただけか、もしくは、あなたの理想像たる彼女自身のために、レンジで黒焦げの供物を捧げたのだろう」

突然そんなことをしても、相手は困惑します。まず、今夜か明日の晩、彼女に花やら菓子やらを持っていきましょう。「義務」を匂わせてはいけません。慈しむ言葉をいくらかかけて、ほほえみを添えるのです。多くの夫婦がこうすれば、波打ち際の岩に砕け散る6組のうち、1組の結婚くらいは救えるのではないでしょうか？

女性をあなたに夢中にさせる方法を知りたくありませんか？　いいでしょう。これがその秘密です。きっとうまくいきます。これは私のアイデアでなく、ドロシー・ディックスの記事から借用したものです。かつて彼女は、23人の女性からハートと貯金を奪った、有名な詐欺師に取材しました（刑務所での短時間の取材だったことを付け加えておきます）。彼女が、女性をあなたに夢中にさせる方法について訊ねると、彼はこう言いました。「何の仕掛けもないよ。その女性本人のことを、話題にするだけでいいのさ」

「相手のことを話題にせよ」と、大英帝国で最も洞察力のあった宰相の一人ディズレーリは言っています。「相手のことを話題にすれば、人は何時間でも聞いてくれる」

さて、あなたはこの本を十分に読んできました。今はこの本を閉じて、すぐにこの「相手を気にかける」という哲学を、あなたの最も近い人に試して、魔法が起きるのを見てみましょう。

原則 6

常に、相手に価値があると感じさせる。それを心から行なう。

第3章

相手を自分の考え方に同調させる12の方法

TWELVE WAYS TO WIN PEOPLE
TO YOUR WAY OF THINKING

1　議論で最善の成果を得る方法

第一次世界大戦が終わって間もなくのある夜、私はロンドンでかけがえのない教訓を得ました。当時、ロス・スミスのマネージャーをしていました。ロス・スミスは戦争中、オーストラリア空軍のエースとして活躍。終戦直後、30日間で世界半周を成し遂げて、世界を驚かせています。前人未到の冒険は一大センセーションになりました。オーストラリア政府は彼に5万ドルを授与。英国はナイトの爵位を授けました。英国のリンドバーグと呼ばれた彼は、しばらくの間、大英帝国で一番話題になったのです。ある晩、私はロスの祝賀晩餐会に出席しました。その時、隣席の男性が、「われわれ人間がいくら荒削りにして置いても、結局最後は神がちゃんと仕上げてくださるのだ」という引用を使って面白い話をしました。

この話し上手な人は、引用は聖書からだと言いました。でも、間違いです。私は本当の出典を知っています。それについて自信があり、疑う余地はまったくありません。そこで私は、自己有用感を満たそうと、頼まれもしないのに、彼の間違いを指摘しました。ところが彼は、自説を曲げません。なに？ シェークスピアだって？ ありえない！ ばかばかしい！ あの引用は聖書からだ、と言うのです。

私の右の席には彼が、左の席には私の旧知の友フランク・ガモンドが座っていました。ガモンド氏は、シェークスピアを長年、研究しています。そこで、私たちはガモンド氏に聞いてみることにしました。ガモンド氏は机の下で私を蹴ると、こう言いました。

「デール、君が間違っている。そちらの紳士が正しい。それは、聖書からの引用だ」

その夜、帰り道で私はガモンド氏に言いました。

「フランク、あれがシェークスピアからの引用だと、わかってるだろう？」

「もちろん」彼は答えました。「ハムレットの第5幕第2場だ。でも、私たちはお祝いの席に招かれていたんだ。彼の間違いを人前にさらす必要がどこにある？ それで彼が好意を抱くとでも？ 彼の面目を守ってやればいいじゃないか。彼は君に意見なんて求めてない。そんなことはしたくなかったんだ。議論してどうなる？ 常に丸く納めるんだ」

彼はすでに亡くなってしまいましたが、その教訓はずっと覚えています。

根っから議論好きの私には、どうしても必要な教訓でした。若い頃は、宇宙のあらゆることについて、兄弟で議論しました。大学では、論理学と弁論を研究して、討論会に参加しています。

議論に勝つことは不可能

後に私は、ニューヨークで、ディベートと討論を教えました。お恥ずかしい限りですが、そのテーマで本を執筆するつもりでした。しかしそれからは、無数の議論を聴き、批評し、参加し、観察してきました。その結果、議論において最善の成果を得る方法は、この世にたった一つしかないという結論に達しました。その方法とは、議論を避けることです。毒蛇や地震を避けるように、議論を避けるのです。

10回のうち9回は、双方がそれぞれ自分こそ絶対に正しいのだと、これまで以上に確信して終わるのが、議論というものです。

議論に勝つことはできません。負けることはあっても、勝てません。なぜでしょうか？ 相手をやり込めたとしましょう。相手の論点を攻撃し蜂の巣にして、徹底的にやっつけたとしても、それで、どうなりますか？ あなたは良い気分です。でも相手はどうでしょう？ あなたは相手に劣等感を与えました。相手のプライドを傷つけました。相手は、あなたを快く思わないでしょう。無理に説得しても、人は本心を変えません。

ある生命保険会社は、販売員に対して、明確な方針を定めてきました。それは、「議論するな」です。販売員の仕事は、議論することではありません。

何年も前、パトリック・オヘア氏が講座に参加した時のことです。彼はほとんど教育を受けていないうえ、ひどく喧嘩好きでした。運転手を経てトラック販売の営業を始めたのですが、なかなか上手くいかず、私の講座にやって来たのです。少し質問しただけで、彼が商売相手に対して、絶えずもめ事を起こしたり、反感を買ったりしていることがわかりました。

彼が販売するトラックに、見込み客がちょっとでも文句を言おうものなら、オヘア氏は、激怒して客に食ってかかりました。当時はたいてい議論に勝っていたそうです。

「しょっちゅう、ガツンと言い負かして、客先から帰ってきましたよ。相手にガツンと言ってやったのは確かですが、何も売れませんでした」

私が最初にすべきことは、パトリック・オヘア氏に話し方を教えることではなく、口論を止めさせることでした。

今ではオヘア氏は、ニューヨークでトラックなどを製造するホワイト自動車で、トップクラスの営業担当者になっています。彼はどうやってそれを成し遂げたのでしょうか？彼自身の言葉で語ってもらいましょう。

「今もし、私が客先に行って、『何？　ホワイト自動車のトラックだって？　ただでもいらないな。他社のトラックを買うつもりだ』と言われたとしたら、私はこう言いますね。『あの会社のは、良いトラックです。そこで買うなら間違いはありません。あそこは良い会社だし、販売しているのも良い人たちですよ』

相手はもう何も言えません。議論の余地がありませんから。相手が他社が最高だと言うなら、私はその通りと言います。私が同意したのですから、相手はそれ以上続けられません。そこで私は他社の話から離れて、自社のトラックの長所を話し始めるのです。

以前なら、最初のような言われ方をした時点で、私は、真っ赤になって反論していたでしょうね。私が反論すればするほど、相手はますます反論したくなりますし、そうすればますます、相手は他社のほうが良く思えてきます。

今、振り返ってみると、あれで何かが売れたのが不思議です。私は喧嘩や口論で長年、損をしていました。今では口を閉じているおかげで、得をしています」

相手に勝つより、相手に好かれる

賢人ベンジャミン・フランクリンは、よくこう言っていました。

「議論したり反論したりして勝利を得ても、相手の好意を得ることは決してなく、それは空虚な勝利となるだろう」

考えてみてください。理屈で勝つことと、相手から好意を得ることの、どちらを望みますか？　２つは滅多に両立しません。

ボストンの夕刊紙が、こんな意味ありげな文章を掲載したことがあります。

「ウィリアム・ジェイ、ここに眠る。自らの正義を貫き死す。彼は正しかった。死ぬほど正しかった。しかし、彼が間違っていたとしても死ぬのは同じ」

あなたは、死ぬほど正しいのかもしれません。しかし、たとえあなたが間違っていたとしても、他人の考えは変えられないという点で、大した違いではありません。

ウィルソン大統領の内閣で財務長官だったウィリアム・マカドゥーは、政界で波瀾万丈の数年を過ごした結果、「無知な人を議論で破ることは不可能」と学びました。

「無知な人」と、マカドゥー氏はやんわりと表現していますが、私の経験では、それは「全員」です。相手の知能指数に関係なく、言葉の戦いで相手の心を変えることは、ほとんど不可能なのです。

人間の最大の弱点

税金のコンサルタントをしているフレデリック・パーソンズは、政府の税務調査官と１

時間、議論を続けていました。ある9000ドルの費目が問題でした。パーソンズ氏の主張は、その9000ドルは事実上回収不能な不良債権なので課税されるべきでない、というものです。

「不良債権とは、信じがたい」調査官は反論しました。「課税が妥当です」

「その調査官は、冷たく横柄で、頑固でした」パーソンズ氏は講座で話してくれました。

「理由や事実を挙げても無駄で……長く議論すればするほど、ますます頑固になりました。それで私は議論を止め、話題を変えて彼に理解を示すことにしました。

『あなたの職務は、本当に重要で難しい決断をしなくてはなりません。それに比べたら、これはとても小さな問題です。私も税金について勉強してきましたが、もっぱら本からの知識です。それに引き替えあなたは、現場の第一線で知識を得ていらっしゃいます。時々、あなたのような仕事をしていたら良かったのにと思います。学ぶことはたくさんあるでしょうね』私が言った言葉は、すべて本心でした。

『そうなんだよ』と言って、調査官は椅子に座り直し、自分の仕事のことを長い時間話し、彼が摘発したずる賢い詐欺についても話してくれました。口調はだんだん親しみやすくなり、話はやがて、子供たちのことにも及びました。帰り際、私の問題を熟考してみるから2、3日待ってくれと、言いました。

3日後、私の事務所にやってきた彼は、あの納税申告書を受理することにしたと、知らせてくれました」

この調査官は、人間の最大の弱点の実例を示してくれました。彼は有用感が欲しかったのです。パーソンズ氏との議論では、自分の権威を声高に主張して、有用感を得ていました。しかし、自分の価値が認められたとたんに自尊心が満たされ、親切で優しい人間になったのです。

ナポレオン（ボナパルト）家の従者長だったコンスタンは、よくジョゼフィーヌとビリヤードをしました。著書『ナポレオンの私生活の回想』の中で、「私はそこそこ技術があったが、常に彼女を勝たせるようにしていたので、彼女にとても喜ばれた」

コンスタンから、コンスタントに学びましょう。どうでもよい議論なら、顧客、恋人、夫、妻に勝たせておくのです。

仏陀は言いました。「憎悪の解決は、憎悪でなく愛をもって為せ」

誤解は、議論では決して解決できません。気配りや外交、和解、また、相手の立場に立とうとする共感の感性によって為されるのです。

リンカーンは、仲間と議論ばかりする青年将校を、叱ったことがあります。

「自分を最大限に活かそうとする人間なら、個人的な争いで時間を無駄にしない。まして彼は、自分の短気や自制心の欠如などについて、責任を取ることができない。自分が相手と同程度なら、多くを譲歩するべきだ。自分が正しいとはっきり分かっているなら少なめに譲歩する。犬に噛まれるくらいなら、犬に道を譲ったほうが良い。その犬を殺したところで、噛まれた傷は癒えないのだから」

原則

1

議論で最善の結果を得たいなら、議論自体を避ける。

2 敵を作る確実な方法と、それを回避する方法

セオドア・ルーズベルトは大統領在任中、自分の正しさは楽観的に採点しても75点程度だろう、と述べています。20世紀有数の著名人ですら、それが楽観的な採点というなら、私たちはどうなるでしょう？ 考えの正しさが、55パーセント程度もあれば、ウォール街で1日100万ドル儲けることができます。ヨットでも買って、コーラスガールと結婚するのもいいでしょう。もし、その程度すら正しい自信がないなら、他人の間違いを指摘できるはずがありません。

表情や声の調子、ジェスチャーでも、相手の間違いを指摘できます。これは言葉で指摘するのと、何も変わりません。でも、もし相手の間違いを指摘したとして、同意してもらえるでしょうか？ もらえるはずがありません！ 相手は、知性、判断、誇りや自尊心を直《じか》に攻撃されたのです。報復を望むことはあっても、自分の考えを変えはしません。プラトンやカントのあらゆる論理をもってしても、相手の考えは変えられません。あなたが気

持ちを傷つけてしまったからです。

いきなり、「あなたに教えてあげます」というような言い方をするのは、絶対に避けましょう。「私はあなたよりも賢いから、ちょっと考えを変えてあげよう」と、言うに等しいからです。そんなことを言えば、対立を生み、あなたが話を始める前から、聞き手は戦闘態勢に入ってしまいます。

相手がいちばん穏やかな状態にあっても、考えを変えさせるのは難しいのに、さらに難しくしてどうなるのでしょう？　自分で自分を不利にしても、仕方ありません。

もし、何かを教えたくなっても、それを悟られてはいけません。誰にも感づかれないように、きわめて巧妙にやりましょう。

「相手には、あたかもあなたが教えていないように、教えなければならない。相手が知らない事柄は、相手が忘れていたことにせよ」

チェスターフィールド卿は、自分の息子への手紙に、こう書きました。「できるなら、人より賢くなりなさい。だが、それを人に言ってはならない」

人の間違いを指摘しない

私は20年前に信じていたことを、今はほとんど信じていません——乗算表（計算結果を記した早見表）は例外です。アインシュタインの論文さえ、疑い始めています。20年後には、この本で述べたことも信じていないかもしれません。

今では、何についても昔のようには確信がありません。ソクラテスはアテネで、繰り返し言っていました。「私は、自分が何も知らないということだけは知っている」

もちろん、ソクラテスより少しでも頭が良いはずがない私は、人の間違いを指摘するのはやめました。すると、そのほうが得することがわかったのです。

もし、相手が間違っていると思ったら、こう切り出してみてはいかがでしょうか？

「すみません、私は別の意見なんです。でも、私が間違っているかもしれません。よく間違えますから。ですから、もし私が間違っているなら、あらためたいんです。ちょっと聞いていただけませんか？」

この言い方には、魔法があります。しかも確かです。反対する人は世界中のどこにもいません。

科学者も同じです。私は、有名な探検家にして科学者のステファンソンに、インタビューしたことがあります。彼は北極圏の彼方で11年過ごし、うち6年は、肉と水以外まったく口にせず暮らしました。彼がその実験について話してくれたので、私は、それで何を証明しようとしたのかと尋ねました。彼の答えは忘れられません。彼は、こう言いました。

「何かを証明しようとはしていません。ただ事実を発見したいだけなのです」

あなたも、そのような科学的な考え方をしたいと思いませんか？　それを妨げている人がいるとすれば、自分自身だけです。

自分が間違っているかもしれないと認めれば、トラブルに巻き込まれることはありません。どんな反論もなくなりますし、相手も、あなたのように公平で率直で寛大でいたいと思うようになります。さらに、あなたのように自分が間違っているかもしれないと、認めたくなるでしょう。

もし、相手が間違っていることが確実にわかっている時でも、それを相手にあからさまに伝えたら、どんなことが起きるでしょうか？　ニューヨークの若手弁護士S氏が、アメリカ最高裁判所の審判に臨んだ時のことです。その裁判には、相当額の費用と、重要な争点がかかっています。陳述の合間、判事が彼に言いました。

「海事法における出訴期限は6年でしたね？」

S氏は一瞬、判事をみつめ、無愛想に言いました。「判事、海事法では出訴期限はありません」

S氏は講座で、その時のことを話してくれました。「法廷は静寂に包まれ、室温が零度まで下がったようでした。正しいのは私で、間違っていたのは判事です。それを指摘して、彼は友好的になったでしょうか？ その逆です。法律的には、私が正しかったのです。弁論もうまく運んでいたのに、裁判には負けました。非常に博学かつ著名な相手に間違いを指摘するという、とてつもなく大きな失態をおかしたせいです」

人は自分の考えを信じ続ける

論理的に考えられる人は、ほとんどいません。ほとんどの人が偏見を持ち、一方的な考え方をしています。ほとんどの人が、先入観や嫉妬、疑いと不安、ねたみと傲慢で損をしています。そして、ほとんどの人は、宗教、髪型、信条、さらには大好きな映画スターについてまで、自分の考えを変えるつもりがありません。

ですから、人に間違いを指摘したければ、どうか、次の文章を毎朝、朝食前に読んでください。これは、アメリカの歴史家ジェームズ・ロビンソンの著書『心は作られる』からの引用です。

私たちは、何の抵抗も重苦しい感情もなしに考えを変える自分自身に、気付くことがある。しかし、間違いを指摘されれば憤慨し、かたくなになる。信念は、おそろしく無頓着に抱くものの、誰かにそれを変えられそうになると異常なほど抵抗する。愛しいのは、考え自体ではなく、脅《おびや》かされている自尊心のほうだ……。

「私の」という小さな言葉は、人間社会で、最も重要なものだ。賢明さは、それを考慮することから始まる。たとえそれが「私の」夕食でも、「私の」犬でも、「私の」家でも、または、「私の」父親だろうと、「私の」国だろうと、「私の」神だろうと、同じことだ。

私たちは、時計が狂っているとか、車がぼろいなどと言われて憤慨するだけでなく、火星に運河があるかどうかや、ギリシャの哲学者エピクテトスはどう発音すべきか、またはサリシンの薬理効果、古代メソポタミアのサルゴン王の在位年数についてまで、自分の考えを訂正されるのを嫌う。

私たちは、慣れている物事を、信じ続けるのが好きなのだ。思い込みに疑いが投げかけられると、それにしがみつこうと、ありとあらゆる言い訳を探す。結局、いわゆる推論というもののほとんどは、それまでの自分の考えを信じ続けるための根拠を探すことにほかならない。

否定されれば守りに入る

以前、室内装飾家に、自宅のカーテンをしつらえてもらったことがあります。請求書の額には、驚きました。

数日後、友人の女性が訪れて、そのカーテンを見ました。値段を聞いた彼女は、大声で言いました。「何ですって？　ひどいわ。つけ込まれたようね」

その通り。彼女は真実を語ったのです。しかし、判断力のなさを指摘されて喜ぶ人はいません。私は人間の本性にしたがって守りに入り、良い品物ほど安くつくとか、品質と芸術的感性は安売りでは買えないとか、くどくどと言い訳しました。

その翌日、別の女性が訪ねてきました。彼女は、熱心にそのカーテンをほめ、自分も余裕があればこんな素晴らしいカーテンが欲しかった、と言ってくれました。すると私は、昨日とはまったく違う反応をしたのです。「いや、実を言うと、私も余裕はありません。高すぎました。注文したことを後悔しています」

自分の間違いを、自分で認められることもあります。やさしく上手に対応されると、私たちは、自分の間違いを認めたうえに、それができる自分の率直さと寛大さを誇りに感じるかもしれません。しかし、喉元に受け入れがたい事実を押し込まれようとしたら、そうはなりません。

南北戦争当時、アメリカで最も有名な新聞編集者だったホレス・グリーリーは、リンカーンの政策を猛烈に批判していました。彼は、論陣や冷笑、毒舌によって、リンカーンの意見を変えられると信じて、毎月毎月、何年間も激しいキャンペーンを行ないました。ブースがリンカーン大統領を撃った当夜さえ、リンカーンに対して、残忍で辛辣な皮肉を書いて、個人攻撃しています。

しかし、こうした嫌がらせで、リンカーンの意見を変えることができたでしょうか? まったくだめでした。嘲笑や侮辱ではだめなのです。

フランクリンの自己改革法

人の動かし方、自分自身のマネジメント、または個性の改善について、優れた助言が必要なら、ベンジャミン・フランクリンの自伝を読んでみましょう。最も魅力的な伝記の一つであり、アメリカ文学の古典の一つです。図書館や書店で入手してください。フランクリンがどのようにして、議論好きの悪習を克服し、アメリカ史上、最も有能で人当たりが良く外交手腕に長けた人物へと、自分自身を変えていったのかがわかります。

フランクリンが、まだうっかり者だった青年時代のある日、クエーカー教徒の旧友に脇に呼ばれて、厳しく叱責されました。

「ベン、君はどうしようもないやつだ。君の意見は、意見が違う人全員を非難しているだけだ。攻撃的すぎて、誰にも相手にされていない。君の友人たちは、君がいないほうが、楽しめると知っている。君は物知りだから、誰も君に意見を言えない。実際、誰も試そうともしない。そんな努力は、単に不愉快で面倒だからだ。だから君は、今でさえわずかな知識なのに、それ以上知識が増えようもない」

彼は、その痛烈な叱責を受け入れました。そこが彼について私が知っている、最も素晴らしいことの一つです。彼は、その叱責が真実だと理解できるくらいに賢明で、自身が失敗と災難に向かいつつあることを感じ取ったのです。そこで、回れ右をして、横柄で頑固な態度をすぐに変え始めました。

「私は、ルールを作ることとした」フランクリンは述べています。「他人の意見に真っ向から逆らう言動や、断定的な言動は、すべて慎む。『確実に』とか『疑問の余地はない』といった表現は使わない。代わりに『私は〜と考えます』、『私は〜と理解します』、『私が想像するに〜』、『今のところ、そう思われます』といった表現を用いた。

いきなり相手に反論したり、主張に何らかの矛盾を見つけたりする楽しみは、封印した。反論する場合は、『ある条件下では正しいでしょうが、この場合は、やや違うかもしれません』などと言うことにした。

態度を変えることの利点は、すぐに見つかった。会話が、ずっと心地良くなったのだ。

控えめに意見を言えば、相手はすぐに受け入れてくれて、否定されることも少なくなった。自分が間違った時はより少ない苦痛で済んだし、相手は、自らの間違いをより簡単に受け入れ、私がたまたま正しい時は、それに同意してくれるようになった。

最初はいくらか苦労したが、やがて、いとも簡単にできるようになり、とうとう習慣になった。この50年というもの、私が独断的な表現を口にするのを聞いた者は、誰もいないだろう。新しい制度や旧制度の修正を提案した時も、地方議会議員として少なからぬ影響力を持った時も、市民から多くの協力を得てこられたのは、主にこの習慣のおかげだ。私は演説が不得手で、雄弁でもなく、言葉の選び方もためらいがちであるし、文法も間違えるが、それでも、たいていは、自分の主張を受け入れてもらうことができた」

間違いを責めても引き合わない

フランクリンのやり方は、仕事にどう応用できるでしょうか?　2つの例を紹介します。

ニューヨーク・リバティ通りのF・J・マーニーは、石油貿易のための特殊機材を販売しています。ロングアイランドの重要取引先から予約が入り、設計図が承認され、機材の製造を始めたところで、不運なことが起きました。

仕入れ担当者は、機材の幅がありすぎるとか短すぎるなどと主張し、完成しても機材を受け入れないと電話してきたのです。マーニー氏は、その時のことを話してくれました。

「あらためて慎重に調べ、こちらに非がないことは確認しました。先方が何もわかっていないだけなのですが、それを言ったらおしまいです。

ロングアイランドの相手先に出向くと、彼は飛び上がり早口でまくしたてながら、こちらに向かってきます。かなり興奮しており、話しながら拳を振り回していました。私のことも機材のことも非難して『どうしてくれるんだ?』と詰め寄ります。

私は、おっしゃることは何でもします、と落ち着いて答えました。『御社は発注のものを正しく入手されるべきです。しかし、責任の所在をはっきりさせる必要があります。

設計図をご確認ください。御社が正しい時は、2000ドル（現在の約3万ドルに相当）の費用がかかりましたが機材は廃棄します。ご満足いただくためなら、惜しくありません。でも、もし、御社の主張通りに作り直すとしたら、責任はお持ちください。しかし、以前から申し上げている通り、弊社のプランで進めさせていただけるなら、弊社が責任を持ちます』

相手は、落ち着き始め、ようやく言いました、『いいだろう、進めてくれ。しかし、そちらが正しくなかったら大変なことになるぞ』

結局、わが社が正しかったことがわかり、先方は今期すでに2件、同様の発注をしてくれました。顔の前で拳を振り回され、『あんたは自分の仕事がわかっていない』と罵られても、口論も自己正当化もしないよう、私は必死に自制心を保たなくてはいけませんでした。でも、その価値はありました。間違っているのは先方だと言って議論を始めていたら、おそらく訴訟に発展し、苦い感情が残り、費用と重要な取引先を1社失っていたでしょう。私は、相手が間違っていると言い張ることは引き合わない、と確信しています」

間違いを指摘しない決心

もう一つの実に典型的な例を見てみましょう。クローリー氏は、ニューヨークの製材会社の販売担当です。厳しい材木検査技師たちに、何年も間違いを指摘し続けたそうです。ところが議論に勝っても、少しも事態は好転しません。彼に言わせれば、「材木検査技師は、まるで野球の審判だ。一度決定したら二度と変えない」からです。

クローリー氏は、自分が議論に勝っても、会社は数千ドルの損失を出していることに気づきました。そこで、私の講座を受講して戦術を変え、議論を止める決心をしたのです。どんなことが起こったでしょうか？　彼が講座で話してくれました。

「ある朝、事務所の電話が鳴ったんです。納品された車1台分の材木が使い物にならないから、荷下ろしを中止してすぐに敷地からどかせと言われました。荷下ろしが4分の1ほど進んだところで、検査技師が材木の55パーセントが等級以下であると報告し、先方が受け取りを拒否したのです。

私は、最善の対処法を考えつつ、すぐに先方の工場に出向きました。いつもなら、知識と経験から、等級付けの規定を引き合いに出して、材木が実際は等級通りであって先方の検査技師の誤解だと、説得を試みたところです。しかし今回は、講座で学んだ原則を応用してみるつもりでした。

購買担当者と検査技師は、対決姿勢で待っていました。私たちは、材木を積んだ車のところに行き、状態を見たいから荷下ろしを続けてほしいと頼みました。次に、検査技師に、それまで通り不合格品と合格品とを別々の山に分けるよう、依頼したのです。

しばらく観察すると、点検は必要以上に厳格で、基準を間違えていることに気づきました。問題になっている材木は、白松です。その検査技師は広葉樹については徹底的に教育されていましたが、白松に関してあまり経験がないようです。たまたま私は、白松の専門家です。でも、何も言わずに見ていて、問題の材木に満足できなかった理由を、少しずつ質問し始めました。検査技師が間違っているとは、一瞬たりともほのめかしません。今後のために要望を正確に知りたいだけだと、強調したのです。

好意的かつ協力的に質問しながら、相手の不満を認めているうち、相手も好意的になり、緊張も解けてきました。

私が時折、慎重に言った意見によって、相手も、不合格とした材木の中にも等級内のものがあったかもしれず、自分たちの要求に見合うのは、もっと高額な等級の材木ではなかったかと思い始めたようです。それこそが、まさに私が問題にしていた点ですが、相手には悟られないように気を遣いました。

少しずつ、相手の態度が変わりました。相手はやっと、白松については経験がないと認め、荷下ろしされている材木の一本一本について、私に尋ね始めました、私は、なぜその材木が指定された等級の中に入っているのかを説明したうえで、要望に合わないなら受領しなくていいと、言いました。相手はとうとう、材木を不合格品の山に置くことに、気がとがめるようになったようです。ついには、必要としていた良い等級のものを指定しなかった自分たちに間違いがあったと、わかってくれました。

検査技師は私が帰った後、貨車1両分の積み荷をやり直したうえで、すべての納品に応じ、小切手を満額で振り出してくれました。

この一例だけでも、少しの気配りと、相手に間違いを指摘しない決心のおかげで、会社は大金を無駄にせず、お金には代えがたい善意を得たのです」

ところで、この章で私は、新しいことは何も言っていません。2000年前に、イエス・キリストが言っています。「早く汝の敵と和解せよ」

自分の客、配偶者、敵と言い争うな、と言い換えることもできます。相手が間違っていると、言ってはいけません。相手を刺激せず、少々の駆け引きを使うのです。

キリストが生まれるさらに2200年前には、エジプト王アクトイが王子に、現代でも通じるアドバイスをしました。老王アクトイが数千年も昔のある日の午後、酒の合い間に述べた言葉です。「駆け引きを覚えよ。自分の考えを通しやすくなる」

原則

2

相手の意見に敬意を示す。絶対に間違いを指摘しない。

3　相手の敵意を最小限にし、味方に変える方法

私が暮らしていたニューヨークにも、自宅から徒歩1分もかからないところに、手つかずの森林が広がる公園がありました。春になると、ブラックベリーが一面に白い花を咲かせ、リスが巣を作り子育てし、馬の背丈まで草が生い茂ります。この手つかずの森は、森林公園と呼ばれています。コロンブスがアメリカを発見した時から、ほとんどその姿を変えていないでしょう。

私は、よく小さなブルドッグのレックスを連れて、この公園を散歩しました。レックスは、人なつっこくて害のない小さな犬でしたし、公園の中で人に会うことも滅多になかったので、リードも口輪も付けませんでした。

ある日、公園で、騎馬警官に出会いました。その警官は、自分の権威を示したくてたまりませんでした。

「犬に、口輪もリードも付けずにいるとは、どういうつもりだ?」彼は、私を叱責しまし

た。「違法だと知らないのか？」

「はい、知っています」私は穏やかに答えました。「でも、彼が何か危害を加えるとは思いません」

「あんたが思っていることなんか、どうでもいいんだよ。その犬は、リスを殺すかも知れないし、子供に噛みつくかもしれない。今回は見逃すが、今度、口輪とリードを付けてないのを見つけたら、裁判所行きだぞ」

私は素直に、従うことを約束しました。

何度かは従っていました。しかし、レックスは口輪が好きではなかったし、私も好きではありません。そこで、いちかばちか、ほうっておくことにしました。しばらくの間はすべてうまくいっていましたが、問題は突然、起こりました。ある日の午後、レックスと私が丘の端で駆けっこしていると、突然、栗毛の馬にまたがった法の番人が現れたのです。レックスは、警察官に向かってまっすぐ走っていきます。

困ったことになりました。そこで、警察官が口を開く前に、私は言いました。

「私は現行犯で、有罪です。弁解の余地もありません。先週あなたから、次に口輪をせずに犬をここで放したら罰金になると、警告も受けています」

「そうだな、でも」警官は静かな口調で言いました。「周りに誰もいない時は、ここで子犬を走らせたい気持ちもわかる」

「確かに、そんな気持ちになります」私は答えました。「でも、法律違反です」

「まぁ、こんな子犬では誰も傷つけまい」

「でも、リスは殺すかもしれません」と私は答えました。

「いやいや、あんたは少し真面目に考え過ぎてるよ。そうだな。丘の向こうで走らせればいいんだ。そこなら私には見えない。それで2人とも、このことをすべて忘れよう」

警官も人間です。有用感が欲しかったのです。私が自分で自分を咎めたので、彼は、寛大な態度をとるほかに、自尊心を満たせません。

逆に、私が自分自身を守ろうとしていたら、どうなったでしょう？　警官と議論した経験があれば、結果はおわかりのはずです。

私は、彼と争うことはせず、彼が正しく自分が間違っていたと、かぶとを脱ぎました。素早く率直に、心から認めたのです。お互いの立場を認め合って、事は円満に解決しました。たった1週間前に私を裁判所送りにすると脅かした警官が、チェスターフィールド卿並みの愛想を見せたわけです。

どうせ非難されるなら、相手より先に自分で自分をやっつけるほうが、はるかに楽ではないでしょうか？　他人からの非難に耐えるより、自己批判するほうがずっと簡単だと思いませんか？

自分自身の悪口を言ってみましょう。自分が知っている自分の悪い点や、相手が考えている自分の悪い点、考えられるあらゆる悪口を、相手の先手を打って口に出すのです。相手に言われる前に、言ってください。まさに騎馬警官がレックスと私に示したように、十中八九、相手は寛大な態度で受けとめてくれ、あなたのミスは最小限に抑えられるでしょう。

自己批判は相手の敵意を消す

商業デザイナーのフェルディナンド・ウォーレンは、この技術を使って、怒りっぽくて口やかましい依頼主の好意を獲得しました。

ウォーレン氏は、「広告や出版用の図案は、正確かつ精密であることが重要だ」と前提を置いたうえで、語ってくれました。

「アートディレクターの中には、やたらと仕事を急《せ》かす人がいます。そんな時は、小さな間違いが発生しがちです。私が知っているアートディレクターは特に、いつも小さなことであら探しをして喜んでいました。彼の事務所からうんざりした気分で帰ってくることも、よくありました。批判されることより、彼の攻撃の仕方が嫌でした。

最近、彼に急ぎの仕事を届けました。すると、すぐに事務所に来るようにと、電話で呼び出されました。何か問題があるそうです。到着すると、予想通り彼は敵意に満ちていて、あら探しの機会を得てほくそ笑んでいました。興奮して問い詰めてきます。

学んできた自己批判を応用する機会です。私は言いました。

『あなたがおっしゃることが本当でしたら、私が間違っております。まったく申し訳ございません。私は、あなたのために長いこと作品を制作してきたのですから、もっとよくわかっているべきでした。お恥ずかしい限りです』

突然、彼は、私を弁護し始めました。『その通りだ。だが、それほど重大な間違いじゃない。少しは――』

私は、彼を遮りました。『たとえ小さな間違いでも、高くつくかもしれませんし、不愉快なことは確かです』

彼は何か言いたそうにしていましたが、私は、そうさせませんでした。私は大いに楽しんでいました。自分自身を非難したのは生まれて初めてでしたが、とても気に入りました。

『もっと慎重になるべきでした』私は続けます。『たくさん仕事をいただいてますから、最高のものをお届けしたいのです。もう一度最初からやり直させていただきます』

『いや、そこまで手間を取らせようとは思わない』と彼は言うと、私の仕事をほめ、ほんのわずかな変更だけを求めました。私の小さなミスでは何の損害もないし、ささいなことだから、心配する必要もないそうです。

本気で自己批判したら、相手の敵意が消えてしまいました。彼と昼食に行くことになり、別れ際には、小切手とともに新しい仕事もくれました」

愚か者ほど言い訳する

ミスの言い逃れは、どんな愚か者でもできます。愚か者に限ってそれをやるのです。しかし、自分のミスを認めることで、頭一つ抜きん出ますし、気高さと喜びの感情が起きます。例えば、南軍のリー将軍の最大の美談として歴史に残っているのは、ゲティスバーグの戦いで、配下のピケット少将が突撃に失敗した責任を、自分で負ったことです。

その突撃は、リー将軍の軍歴の中で、最大の流血を招いた大失態でした。英雄的で素晴らしい攻撃でしたが、南軍の敗北を決定づけました。北部への侵攻に失敗した意味を、リー将軍はわかっていました。南部の命運が尽きたのです。

リー将軍は、大きな悲嘆とショックから、辞表を提出。南部側の大統領ジェファーソン・デイビスに、もっと若くて有能な人を後任にするよう、申し入れを行ないました。リー将軍が、「ピケットの突撃」の壊滅的失敗を他人のせいにしたければ、言い訳は、たくさん見つけることもできました。配下の指揮官の中には、彼を裏切った者もいます。騎兵隊の到着も遅れ、歩兵隊は支援を受けられませんでした。原因はあれこれとあったのです。しかし、高潔なリー将軍は、他人のせいにしませんでした。瀕死の部隊が戻った時にはたった1人で出迎え、「すべて私の責任だ。私1人が戦いを負けに導いてしまった」と、崇高なほどの自己非難をしています。

これを認める勇気と人格を備えた将軍は、歴史上、ほとんど存在していません。

エルバート・ハバードは、最も独創的な作家の一人として、知られてきました。彼の辛辣な文章は、凄まじい反感を生むこともしばしばです。しかし、ハバードは人あしらいの達人で、多くの場合、敵を味方に変えてしまいます。

例えば、腹を立てた読者が、かくかくしかじかの文章には同意できない、などと投書すると、ハバードは、次のように答えました。

「なるほど、私自身も全面的には同意しません。自分が昨日書いたことでも、今日になって違うと思うこともあるんですね。それに気づかせていただき、感謝します。今度、近所にいらした時は、お訪ねください。このテーマについて、徹底的に議論しましょう」

このように対応されたら、それ以上、文句が言えますか？

批判を自己批判で跳ね返す

私が実施する人間関係の講座では、受講生がそれぞれ順番に立ち上がります。他の受講生たちは、自分が他人からどう見えるかを、立ち上がった受講生自身に理解させる役割です。彼らは、立ち上がった受講生の性格について、好きなところや好きではないところを率直に伝えます。これらの批評はすべて無記名で紙に書かれるので、受講生は自分の秘密や、内に秘めた考えを明らかにするのです。

講座の後、ある受講生が悲嘆に暮れてやって来ました。自分への批判に苦しくなったのです。自信過剰すぎる、自己中心的すぎる、横暴すぎる、と書かれたそうです。また、トラブルメーカーであるとか、講座から去れと書いてあったというのです。

次の講座の時、彼は立ち上がると、全員の前で、自分へのひどい非難を読み上げました。しかし、批判した相手を非難はしませんでした。その代わり、こう言ったのです。

「みなさん、私は確かに嫌われています。間違いありません。みなさんのコメントを読むと傷つきます。しかし、私にとって、それは良いことです。私から堅苦しさを取り除き、教訓を与えてくれました。私は人間です。まさしくみなさん同様、友人を切望しています。好かれるようになりたいのです。私を助けていただけませんか？ 今晩は、もっと批判を書いてください。そして、私が性格を改善するためにできることを、率直に教えていただけませんでしょうか？　もし、そうしていただけるなら、私はがんばります。がんばって変わってみせます」

彼は偽りを言ったのではありません。心から正直に話したのです。当然、批判者たちの心にも届き、1週間前に彼を非難していた人たちが、今では彼の味方になったのです。受講生は、彼の率直さや謙遜、学ぶ熱意を称賛しました。彼を励まし改善のための提案を優しく伝えました。既に彼を好きになり始めており、助けたくてしかたないのです。

彼の前向きな話が、事態を変えました。

自分が正しい時は、相手を、優しく巧みに導きましょう。そして、自分が間違っている時は——それは驚くほどよくあることです——、自分の間違いを素早く、心から認めましょう。この技術は、驚くべき結果をもたらすだけでなく、信じられないことに、そうした状況のもとでは、防衛的な態度でいるより、もっとずっと楽しめるのです。

「負けるが勝ち」という、ことわざを思い出しましょう。

原則

3

自分の間違いは、素早くきっぱりと認める。

4 自分の考えを受け入れさせる方法

たとえばあなたが腹を立て、相手に一言、二言文句を言ったとします。感情を吐き出せば、楽になるかもしれません。しかし、相手はどうでしょう? 相手が、あなたの楽になった気持ちを共有してくれるでしょうか? あなたのけんか腰の口調や敵意のある態度で、相手が簡単に気持ちを変えてくれるでしょうか?

ウィルソン大統領は述べています。

「もしあなたが、拳を握りしめて私に向かってくるなら、私もすぐに、自分の拳を握りしめる。だが、もし、あなたが『お互いの相違点や問題の要点を、座って話しませんか?』と言うなら、お互いに発見があるだろう。実は、私たちにはそれほど相違点がなく同意できる点も多いということ。また、忍耐、率直さに加え、協力する気があれば、お互いに協力できるという発見だ」

ウィルソン大統領の言葉を、誰よりも正しく実践していたのが、ジョン・ロックフェラー・ジュニアです。1915年当時、ロックフェラーは、コロラド州で最も嫌われている人物でした。アメリカ産業史の中でも、最悪の流血事件となったストライキが2年も州内を揺るがせており、血の気の多い鉱山労働者たちが、ロックフェラーが経営する会社に、賃上げを要求していました。設備が破壊されて軍隊が出動、ストライキの参加者が撃たれる流血の事態となりました。

ロックフェラーの敵を味方にする技術

こうした憎悪で騒然とした空気の中、ロックフェラーは、ストライキの参加者たちに自分の考え方を受け入れさせようとし、それに成功しています。どうやったのでしょうか？ロックフェラーは、人間関係の構築に数週間かけた後、ストライキの代表者たちに申し入れを行ないました。この時の演説が、驚くべき結果をもたらしました。激しい憎悪の波を静め、多くの理解者を作り出したのです。ストライキの参加者が、あれほど激しく要求していた賃上げについて一言も言わずに仕事に戻ったという事実が、それを表しています。

その演説の冒頭部分を見てみましょう。どれほど親しみやすさに満ちているかに注目してください。そもそも、ロックフェラーが語りかけているのは、数日前まで彼の首をりんごの木に吊したがっていた男たちです。ところが彼は、聖職者に対するかのように丁重で親切に対応しました。

「今日は私の人生にとって記念すべき日です。今回初めて、この偉大な会社の従業員の代表の皆さんとお会いできたことを、誇りに思っています。

この会合のことは、生涯、忘れないでしょう。この会合がもし2週間前に行なわれていたら、皆さんのほとんどは私のことを知らなかったかもしれません。私は先週、南の油田の村をすべて訪れ、留守だった方をのぞいて、代表者の皆さんの家を訪ね、奥さんやお子さんたちに会いました。

ですから、他人ではなく友人として、皆さんと顔を合わせることができます。そうした友情にもとづいて、共通の関心事を話し合う機会をもつことができたのを嬉しく思います。

私がここにいられるのは皆さんのご厚意によるものです。この会合は当社の役員と従業員の代表との集まりであり、私は残念ながらどちらにも属していません。しかし、株主の代表として、皆さんとは親密なつながりがあると感じています」

これは、敵を味方にする技術の、最高の一例ではないでしょうか？

ロックフェラーが、違う方針をとっていたらどうなったでしょうか。もし、炭鉱労働者たちと議論し、辛辣な言葉を投げつけたとしたら？　もし、口調やほのめかしで、彼らが間違っていると伝えていたとしたら？　論理的に相手の間違いを証明したとしたら？　さらに怒りを呼び、憎悪と暴動はもっと激しくなったでしょう。

不信と嫌悪に満ちている人を説得するのは、どんな理論をもってしても不可能です。口やかましい親、傲慢な上司や夫、そして口うるさい妻は、人は自分の考えを変えたくないということを理解するべきです。自分に同意するよう、相手に強制することはできません。しかし、もしも、やさしさと好意で接すれば、それも、今までにないほどの、やさしさと好意だったら、相手もその気になるかもしれません。

蜂蜜のひとしずく

リンカーンは、100年前に、こんなことを言いました。

「〝1滴の蜂蜜は、1ガロンの胆汁より、たくさんのハエを捕る〟と、昔から言われております。人間についても同じです。もし、人を思い通りにしたいなら、まず、あなたが誠実な友人であることを、相手に納得させるべきです。これが、相手の心をつかむための、1滴の蜂蜜です」

経営者たちは、ストライキの参加者には友好的に接するほうが得だということがわかっています。例えば、ホワイト自動車の2500人の従業員が、賃上げとユニオンショップ（労使間協定）を求めてストライキをした時のこと。当時の社長だったロバート・ブラックは、腹も立てず、非難も脅しもせず、政治的意見にも口を出しませんでした。それどころか、ストライキの参加者たちを称賛しています。クリーブランド新聞に広告を出し、「平和的な方法」を採ったとして彼らに謝辞を述べたのです。ピケを張っている人々がひまそうにしていると、空き地で野球でもどうかと、バットとグローブを何ダースか買い与え、ボウリングが好きな人には、ボウリング場を提供しました。

経営側が、つねに友好的な態度を示したことで、実際に友好関係が生じています。ストライキの参加者たちは、ほうきやゴミ入れのカートなどを借りてきて、工場の周りの紙くずやタバコの吸い殻といったゴミを拾い始めたのです。賃上げと組合活動の認知のために戦いつつ、工場の敷地を片付ける労働者たちを想像してください。アメリカに長期間吹き荒れた労使闘争の中でも、こうした出来事は前代未聞です。このストライキは、不信も恨みも残さず、1週間もしないうちに円満に妥結し、終息しました。

神を思わせるような風貌と話術に恵まれたダニエル・ウェブスターは、最も成功した弁護士の一人です。それでも法廷では、「それについては、陪審員のお考えに委ねます」などと、友好的な話し方を心がけていました。強引になることも高圧的になることもなく、自分の意見を他人に押しつけたりしませんでした。ウェブスターの穏やかな声と友好的なアプローチは、彼を有名にするのに一役買っています。

あなたは、ストライキの解決や法廷での弁論を求められることはないかもしれませんが、家賃を下げてもらいたいことならあるでしょう。その際に、友好的なアプローチは役に立つでしょうか？　実例を見てみましょう。

エンジニアのストラウブ氏は、家賃を引き下げてもらおうと思っていました。しかし、家主は情にほだされるタイプではありません。ストラウブ氏は受講生の前で発表してくれました。

「私は、賃貸期限が切れたらすぐに部屋を引き払うと、家主に通知してみました。本当は引っ越したくありません。家賃が下がれば住み続けたかったのはやまやまです。でも、状況は絶望的なようでした。ほかの入居者たちも、試みつつも失敗しています。誰もが、家主と接するのは非常に難しいと言うんですが、私は、『人を動かす方法を講座で勉強しているんだし、うまくいくか試してみよう』と思いました。

私の手紙を受け取ると、すぐに家主と秘書が会いに来ました。私はチャールズ・シュワブのようにドアまで出迎え、善意と熱意を示したのです。家賃がいかに高いかということは言いませんでした。このマンションの部屋をどれだけ気に入っているかということを話したのです。まさに『心から評価し、惜しみなく称賛』しました。私は彼の経営方針をほめたうえ、もう1年いたいのはやまやまですが金銭的な余裕がないのです、と打ち明けました。

彼は、それまで居住者からこのような歓迎をされたことがなく、かなりとまどっていましたが、やがて悩みを打ち明け始めました。不満を言う入居者たちのことです。ある入居者は14通も手紙を寄こし、中には侮辱的なものもあったそうです。別の入居者からは、上の階の住人のいびきを何とかしないと賃貸借契約を破棄する、と脅されもしたそうです。彼は『あなたのような入居者がいてくれて本当に安心です』と言って、私が頼むまでもなく、家賃を少し下げてくれました。私がさらに値引きを求めると、すぐ応じてくれました。帰り際、彼は振り向いて言いました。『内装もお好みに変えましょう』

もし、他の入居者と同じような方法で家賃を下げてもらおうとしていたら、同じく失敗に終わっていたに違いありません。友好・共感・気配りで、目的を達成したのです」

尊重という魔法

もう一つ具体例をご紹介しましょう。今回は、高名な1人の女性——社会活動家ドロシー・デイの例です。彼女はこんな話をしてくれました。

「最近、友人の小さな団体で昼食会を開きました。私にとって大切な機会でしたから、当然、すべて順調に行くことを切に願っていました。給仕長のエミルは、このような時はいつでも私の有能な助手です。しかし、今回、彼は私を失望させました。昼食会は失敗でした。エミルは来なかったのです。ウェイターを1人だけ寄こしました。そのウェイターは、第一級のサービスという概念を微塵《みじん》も持ち合わせていませんでした。主賓への給仕は一番最後にされてしまうし、一度などは大きなお皿に残念なほど小さなセロリを一つだけ乗せて出す始末。肉は固いしジャガイモはべとべと。酷いものでした。

私は激怒していましたが、その苦しい試練の間、かなりの努力をして笑顔でいました。しかし、心の中でこう言っていました。『エミルに会うまでの我慢よ。彼に、ひとこと言ってやらないと』

その翌日の晩、私は人間関係の講義を聞いて、エミルにどれほど厳しく叱責しても無駄なことを理解しました。彼を不機嫌にして憤慨させるだけでしょう。私を手助けしたいという気持ちまで潰してしまうかもしれません。

彼の立場から見てみることにしました。彼は、食材を買ったわけではありませんし、料理もしていません。ウェイターが愚かだったことについては、彼はどうしようもありませんでした。もしかしたら、私が厳しすぎるのかもしれませんし、短気すぎるのかもしれません。

そこで、彼を非難せず、友好的な方法で始めることに決めました。尊重することで相手の心を開くことにしたのです。

この方法は、とても上手くいきました。その翌日、エミルに会いました。彼は、かたくなな態度でいます。私は言いました。『エミル、接待の時は、あなたに助けてもらうのが、とても大事なことだと承知しておいてもらいたいの。あなたは、ニューヨークで最高の給仕長よ。食材の仕入れ係でもないし、料理人でもないことは、もちろんわかってるわ。あなたは水曜日のことは、しかたなかったのよね』

暗雲が消え去りました。エミルは微笑んで言いました。『その通りです、マダム。問題はキッチンのスタッフで、私のミスではないのです』

私は続けました。『別のパーティを計画したの。エミル、あなたのアドバイスが必要よ。あのキッチンのスタッフに、もう一度機会を与えるべきだと思う?』

『はい、マダム。あのようなことは二度と起きないでしょう』

翌週、私は別の昼食会を開きました。エミルと私とで、メニューを考えました。私は彼へのチップをいつもの半分にして、過ぎた失敗のことには二度と触れませんでした。

私たちが到着すると、2ダースの深紅のバラの花で、テーブルが色鮮やかに飾られていました。エミルは、ずっと会場にいました。今回のパーティに、英国の女王陛下をもてなすような熱心さで注意を払っていました。
料理は素晴らしく、きちんと温められていました。サービスも完璧。メインディッシュを運ぶウェイターは、1人ではなく4人。エミル自身が、仕上げにおいしいミントを添えてくれました。
帰り際、主賓が言いました。『あなたは、あの給仕長に魔法でもかけたのですか？　あんなサービスは見たことがありません』
その通りです。私は、友好的な態度と心からの尊重で、魔法をかけたのです」

北風と太陽

ミズーリ州北西部の田舎で、森を裸足で歩いて学校に通っていた少年時代のある日、私は、太陽と北風の物語を読みました。どちらが強いかで口論となり、北風は言います。「私が強いことを証明しよう。あそこにコートを着た老人が見えるかい？　私は、君よりも早く、彼にコートを脱がせてみせよう」

北風は、竜巻になるほど激しく風を吹きました。しかし、強く吹けば吹くほど、老人はさらにしっかりコートの前を閉めて離さなくなります。とうとう北風が諦めると、太陽が雲の後ろから出て来て、老人にやさしく微笑みました。やがて老人は額を拭うと、コートを脱ぎました。やさしさと好意は怒りや強引さより強いということを、太陽は北風に教えたのです。

私がミズーリの農場でこの寓話を読んでいたころ、私がそこを訪れるとは夢にも思わなかったほどのはるか彼方、ボストンの街では、寓話が真実であることをB医師が実証していました。彼は30年後、私の受講生となり、講座でこの物語を話してくれました。

当時、ボストンの新聞には悪質な医療広告が横行していました。堕胎医やいかさま医師がはびこり、治療をしないと「不能」になることや他の恐ろしい病状を吹きこみ、たくさんの罪なき犠牲者を怯えさせ、食い物にしていたのです。その手の治療は、患者を恐怖で満たし、不必要な治療を施すことで成り立っていました。堕胎医はたくさんの死亡事故を引き起こしましたが、滅多に有罪になりません。たいていは少ない罰金を払うか、政治家に手を回してもらって罪を免れていたのです。

状況は目に余るほどひどいものだったので、信心深い人々は、怒りで立ち上がりました。牧師は、説教壇をばんばんと叩きながら新聞を非難し、広告を止めてくださるよう、神のご加護を願いました。市民団体、ビジネスマン、女性集会、教会、青年団体も、非難の声を上げました。しかし、まったく効果がありません。この恥ずべき広告を違法にするため州議会は激しい討論に揺れましたが、収賄による政治的影響力に敗北しました。

B医師は、当時、ある国際的なキリスト教団体のボストン支部で理事長をしていました。彼の組織は、あらゆることを試しましたが失敗に終わっています。医療犯罪者との戦いは、絶望的に見えました。

友好・共感・尊重

ある真夜中過ぎ、B医師は、ボストンではそれまで誰も考えもしなかったことを試みました。友好、共感、尊重です。発行人が実際に広告を止めたくなるようにしたのです。まず、『ボストンヘラルド』紙の発行人に手紙を書き、自分がどれほどその新聞を称賛しているかを伝えました。ずっと貴紙を読んでいるが、報道は公平でセンセーショナルに走らず、社説も素晴らしい。それは見事な新聞だ――。また、個人的な意見として、近隣6州で最高の新聞であるうえ、アメリカ全土でも有数の素晴らしい新聞だと断言しました。「しかし」と、B医師は続けます。「私の友人には若い娘がいます。その娘は、先日の夜、貴紙の広告の一つを、声に出して友人に読んで聞かせたそうです。堕胎専門医の広告です。友人は、娘からいくつかの言葉の意味を尋ねられ、ばつの悪い思いをしたそうです。

貴紙はボストン中の良家に届けられています。私の友人の自宅で起きたことは、おそらく、ほかの多くの家庭でも起きているのではないでしょうか?

もし貴殿に若いお嬢様がいらっしゃるとしたら、お嬢様がそうした広告をお読みになることを、望まれますか？ そして、もしお嬢様がそれらを読んで、あなたに尋ねられましたら、どのようにご説明なさいますか？

貴紙のように、あらゆる点でほとんど申し分のない見事な新聞に、一部の父親たちから自分の娘に拾い読みされることを恐れさせる一面があることは、残念に思います。たくさんの読者も、私と同じように感じているのかもしれません」

2日後、『ボストンヘラルド』の発行人から、B医師の元に手紙が届きました。医師は何十年もその手紙をファイルに保管して、私の講座の受講生になった時に、私に預けてくれました。私が今この文章を書いている目の前に、その手紙があります。そこには、1904年10月13日の日付が入っています。

拝啓

私は、貴殿に対する責任を痛切に感じております。小職を担当するようになって以来ずっと熟考していたことに関して、ついに決断したのは、今月11日の貴殿の手紙によるものです。

月曜日以降できる限り、『ボストンヘラルド』紙上から、すべての好ましくない広告および類似広告を、削除します。今回締め出すことが不可能なあらゆる医療広告は、有害にならないよう、徹底的に編集を施す予定です。

敬具

発行人　W・E・ハスキン

イソップは、クロイソス王の宮廷に住んでいたギリシャ人奴隷で、キリスト誕生の600年前に、不朽の名作を残しています。そこで語られた人間の真実は、26世紀前のアテネでも、現在のボストンやバーミンガムでもまったく同じです。太陽が北風よりずっと早く人のコートを脱がせたように、友好、共感、尊重は、どれほどの暴風より、簡単に人の考えを変えることができるのです。

リンカーンが言ったことを思い出しましょう。「1滴の蜂蜜は、1ガロンの胆汁より、たくさんのハエを捕る」のです。

原則 4

友好的に始める。

5 いつの間にか相手に同意させる方法

人と意見が違うところから、話を始めてはいけません。意見が同じことを強調しながら話を始めましょう。お互いの目的は同じで、違っているのはその方法だけだということを、できるだけ印象づけます。

最初から、相手にイエスと言わせましょう。なるべくノーと言わせないようにします。

オーバーストリート教授は、ノーの返事は乗り越えるのが最も難しい障害である、と自著で述べました。ノーと言ってしまえば、自尊心がそれを変えることを許しません。後で、ノーと言ったのは賢明でなかったと思っても、人は一度口にすれば、それを維持したくなるのです。だからこそ、肯定的な方向で話を始めることは、本当に大事なのです。

話し上手な人は、初めのうちに、いくつかイエスという反応を得ます。それにより、聞き手の心理は肯定的な方向に動くようになります。ビリヤードのボールの動きのようなものです。ある方向に進んでいる時に方向を変えるには、いくらか力が必要ですし、それを反対方向に向けさせるには、さらに多くの力が必要です。

心理パターンは、かなりはっきりしています。人は本心からノーと言う時、言葉を発する以上に、たくさんのことをしています。神経や筋肉など身体の全器官が、いっぺんに拒否の状態を作ります。たいてい、わずかに観察可能な程度に、後ずさりかその兆候が見られます。要は、すべての筋肉と神経が、警戒を始めるのです。

反対に、イエスと言う時、後ずさりは起こりません。身体の器官は開放的になり、受け入れ態勢になります。こうした訳で、初めのうちに相手に多くのイエスを言わせるようにすれば、最終的な提案でイエスを引き出しやすくなるのです。

イエスを引き出すこの技術は、非常に単純です。それなのに、あまり活用されていません！　初めから相手と敵対することで自己有用感を得るような人も、よく見かけます。

極端な議論をふっかけても、相手にすぐノーと言わせるだけです。実際、それのどこが良いのでしょうか？　単にわずかな喜びを得るためなら、まだ許されます。しかし、それで何かを成し遂げられると思っているなら、愚かなだけです。

相手が、生徒、顧客、子供、夫や妻だろうと、初めにノーと言わせてしまうと、それをイエスに変えるには、天使のような忍耐と知恵が必要でしょう。

イエス・イエス法

イエス・イエス法を活用することで、ニューヨーク市のグリーンウィッチ貯蓄銀行の窓口係ジェームズ・エバーソンは、失いかけた顧客を引き留めることができたそうです。

「その男性は、口座を開きにご来店されました。私は、通常の記入用紙をお渡ししました。いくつかの質問には快く回答していただきましたが、断固としてお答えいただけないものもありました。人間関係の勉強を始める前の私なら、お答えいただけないなら口座は開けません、と言ってしまうところです。恥ずかしながら、それまでは実際そんな言い方をしていました。最終通告をするのはいい気分です。誰が優位に立っているのかということや、銀行の規則や規定には逆らえないということを、示せるからです。しかし、やって来たお客様に対して、何のおもてなしも有用感も与えていないのは確実でした。

その朝は、ささやかな良識を示そうと決心しました。銀行が望むものでなく、お客様が望むものについて話そうと、そして何より、初めからお客様にイエス、イエスと言わせようと決心しました。そこで私は、答えたくないことは未記入で結構です、と話しました。『しかしながら』私は続けます。『万一、ご預金を残してお客様がお亡くなりになられた場合、ご預金を、お客様の最近親者に移るよう、ご希望されますか?』

彼は、イエスと答えました。『はい、もちろん』

『では、いかがでしょう？　お客様がお亡くなりになった場合、当行が間違いや遅延なく、お客様の願いを遂行できるよう、お客様の最近親者のお名前をお知らせいただけませんでしょうか？』

再び、彼はイエスと言いました。銀行が、自分の都合でなく、彼のためにその情報を求めているということを理解すると、お客様の態度がやわらぎました。お帰りになる時には、お客様は、必要なすべての個人情報を記入してくれただけでなく、私の提案で、受託者を母親名義にした信託口座も開いてくれました。母親についても、必要な個人情報は、すべて記入してくれました。

私が、初めからイエス・イエスと言わせたことで、お客様はそもそもの争点を忘れ、私の提案のすべてにご満足いただけたのだと思います」

異議を唱えても良いことはない

ウェスティングハウス・エレクトリック・カンパニーの営業担当ジョセフ・アリソンは、こんな話をしてくれました。

「私の担当地域に、会社が熱心に売り込みをしているお客様がいました。前任者が10年間、私が3年間訪問し続けてやっと、モーターが少しだけ売れました。それらに問題がなければ、数百もの注文が続くだろうという期待がありました。問題がないことはわかっていましたから、3週間後、私は意気揚々と電話しました。

ところが、その会社のチーフ・エンジニアの衝撃的な言葉に迎えられ、高揚した気分はたちまちしぼんでしまいました。

『アリソンさん、残りのモーターは購入できない』

『なぜです?』私は驚いて尋ねました。『どうしてですか?』

『御社のモーターは熱すぎるからだ。手を置くこともできやしない』

異議を唱えても、良いことは何もありません。その類いのことを、あまりに長く試してきましたから。そこで、私はイエス・イエス・テクニックを試してみようと考えました。

『スミスさん、100パーセントあなたに同意します。もし、それらのモーターが熱くなりすぎるなら買うべきではありません。米国電気工業会が定めた基準より、わずかでも熱くならないモーターが必要です。そうではありませんか?』

彼は、それはそうだと同意しました。私は、最初のイエスを得たのです。

『電気工業会は、モーターの適切な温度を、室温より華氏72度の熱さまでと定めています。それは正しいですか?』

彼はイエスと言いました。『それはまったく正しい。だが御社のモーターは、もっと熱いんだ』

私は異議を唱えず、ただ尋ねました。『工場の室温は、どれくらいですか?』

『だいたい華氏75度だ』と彼は言いました。

『なるほど』私は答えました。『工場の室温が華氏75度だとして、そこに華氏72度を足すと、合計で華氏147度になります。華氏147度(摂氏64度)のお湯に手を入れたら、火傷しませんか?』

彼はまた、イエスと言わざるを得ません。

『基準内でもそれだけ熱くなりますから、モーターにはお手を触れないほうがよろしいかと存じます』

『わかった。あなたが正しい』彼は認めてくれました。しばらく話し続けると、彼は秘書に電話をして、翌月分として約3万5000ドル分の発注を手配してくれました。

言い争っても割に合わないこと。物事は相手の視点から見ること。相手にイエス・イエスと言わせること。それらを忘れなければ、もっとずっと儲かるし、ずっとおもしろくなることを、私はついに学んだのです。それまでに何年も、何千ドルも費やしました」

ソクラテス・メソッド

ソクラテスは、つねに裸足で出歩いたり、頭のはげた40代で19歳の少女と結婚したりした事実がある一方、最も聡明な人間の一人でした。彼は、あらゆる歴史を通じて、ほんの一握りの人間しかなし得ないことをしました。人々の思考をはっきりと変え、24世紀後の今日でも、最も賢い説得者の一人と讃えられています。

彼はどのように人を説得したのでしょうか？　間違いを指摘したのでしょうか？　まさか。今では「ソクラテス・メソッド」と呼ばれる彼の問答技術は、イエス・イエスの反応を得ることが基本でした。彼は、相手が同意せざるを得ない質問をしました。次から次へと、たくさんのイエスをもらい続けます。彼に反対する者は、彼が質問を続けるうちに、ちょっと前には自分が激しく否定した結論を、いつの間にか受け入れてしまいます。

今度、誰かに間違っていると言いたくなったら、ソクラテスのことを思い出して、イエス・イエスの反応をもらえるように、優しく質問してみましょう。

原則

5

ただちにイエス・イエスと言わせる。

6　自然に相手の考えを変える方法

人はたいてい、相手の考えを変えようと、たくさん話しすぎます。セールスマンは特に失敗しがちです。相手に話をさせましょう。相手は、自身の仕事や問題のことなら、あなたより知っています。相手に質問して、会話を引き出すのです。

相手と意見が合わないと、遮りたくなります。でも、それは危険ですからやめてください。まだ言いたいことがたくさんあるうちは、相手はあなたに注意が向きません。根気強く広い心で聞きましょう。誠意を持って聞き、相手が考えを全部話せるようにします。

このやり方は、ビジネスで利益を生むでしょうか？　それを試さざるを得なくなった人の話を紹介します。

何年か前のことです。アメリカ有数の自動車メーカーが、座席の生地の1年分の調達交渉をしていました。3つの主要生地メーカーが製作したサンプルを、経営陣が検査した後、最後のプレゼンに来るよう、各社に通知が送られました。

そのうちの1社の代表者であるR氏は、重い咽頭炎をおして町に出かけてきました。

「私が話す順番が来ました。会議室には、購買担当者から社長まで揃って座っています。私は立ち上がり声を出そうと努力しましたが、かすれた音しか出ません。そこで、紙に『皆さま、私は声が出なくなりました』と書きました。すると、『私が代わりに話しましょう』と、社長が申し出てくれたのです。彼が、私のサンプル品を示して長所を称賛すると、活発な話し合いになりました。私の代わりに社長が話してくれていたので、話し合いの間、私は、笑顔とうなずきと少しばかり身ぶりをしてみせただけでした。このユニークな会議の結果、契約が取れました。全長450キロメートルに及ぶ、総額160万ドルの生地です。過去最大の商談です。声が出なくなっていなければ、この契約は取れなかったはずです。私の考えは間違っていました。それがわかったのはまったくの偶然ですが、相手に話をさせることで、はるかに素晴らしい結果をもたらすことがあるのです」

フィラデルフィア電力のジョセフ・ウェブも同じ発見をしました。彼は、地方の視察旅行中、ペンシルベニア・ダッチの豊かな農村を通り抜けました。そこは、電気を使わない昔の生活習慣を守っている地域です。

「彼らに電気を使ってもらうことはできないだろうか?」手入れが行き届いた農家を通り

過ぎた時、彼は地区の担当者に尋ねました。

「彼らには、何も売ることはできませんよ」担当者は答えました。「おまけに彼らは、わが社のことを腹立たしく思っています。やってはみましたが、絶望的ですね」

売り込まず売る

しかし、ウェブ氏は、いずれにせよ試してみようと、農家のドアをノックしました。すると、ほんのわずかドアが開いたすき間から、高齢のドラッケンブロード夫人が、外の様子をうかがっています。ウェブ氏は、この後の話を説明してくれました。

「彼女は、地区の担当者を見るとすぐに、私たちの目の前でドアをバタンと閉めてしまいました。私は再び、ドアをノックしました。すると、彼女はドアを少しだけ開けて、私たちの会社に対する不満を言い始めました。

『ドラッケンブロード夫人、あなたを煩わせてしまい申し訳ありません。しかし、私は電気を売るために来たのではありません。ただ、卵を少し買いたかったのです』

彼女は、ドアをやや大きく開くと、疑い深く私たちを見つめます。

『立派なドミニークたちですね。新鮮な卵を1ダース売っていただけませんか?』

ドアは、さらに広く開きました。『どうして私の鶏がドミニーク種だと知っているの?』

と、彼女は尋ねました。彼女の好奇心が刺激されたのです。

『私も鶏を育てています。でも、こんなに見事なドミニークは見たことがありません』

『それなら、なぜ自分の卵を使わないの?』彼女は、問いただします。

『私のレグホーン種は、白い卵を産みます。ご存じの通り、ケーキを作る時は、白い卵は茶色の卵にかないません。家内はケーキ作りが趣味なんです』

この時点で、ドラッケンブロード夫人は、ポーチに足を踏み出していました。その間に周囲を見回すと、農場に立派な牛舎があるのが見えました。

『本当は、ご主人の酪農よりあなたの鶏のほうが、実入りがいいのでは?』と、私が言うと、彼女は急におしゃべりになりました。話題が気に入ったようで、自分の鶏舎に私たちを案内してくれました。見学し、彼女が小さな工夫をいろいろと施していることに気が付いた私は、『心から評価し、惜しみなく称賛する』ことを実践してみました。

私は、自分が良いと思っている餌の種類や飼育温度について話し、彼女にアドバイスを求めました。経験をわかち合うことで、楽しいひとときになりました。そのうちに彼女は、『鶏舎に電灯を設置して、かなりの成果を上げた住民がいる』と漏らし、自分も同じことをすべきか、私に率直な意見を求めました。

2週間後、ドラッケンブロード夫人の鶏舎では、電灯の明るさに励まされるように、鶏が元気にコッコッと鳴いていました。私は発注をもらい、彼女はより多くの卵を得るようになりました。みんなが満足し、みんなが利益を得たのです。

さて、ここがこの話のポイントですが、私は、彼女が自らを説得するように仕向けていました。そうでなければ、電気を契約してもらうのは絶対に無理でした。売りつけることはできません。相手に買わせるのです」

自分が話すより、相手に話してもらう

ニューヨーク・ヘラルド・トリビューン紙に、大きな求人広告が掲載されました。チャールズ・キュベリス氏がそれに応募して数日後、面接の案内が届きました。彼は、事前にその会社の創立者についてできる限り調べようと、ウォール街に立ち寄りました。面接では、こう言いました。「御社で働けるなら、非常に光栄です。御社は28年前、机一つと、速記係1人だけで創業されたそうですが、それは本当ですか?」

成功した人物はたいてい、創業期に奮闘した思い出を好みます。この会社の社長も例外ではありませんでした。450ドルの現金とアイデア一つで、どうやってビジネスを始めたかを、長い時間かけて話してくれました。いかに落胆や嘲《あざけ》りを乗り越えてきたか。日曜も祝日も1日12時間から16時間働いたこと。あらゆる困難にどうやって打ち勝ったか。今や、ウォール街有数の経営者たちが、情報と助言を求めにやってくるまでになったこと。最後になって、彼は、キュベリス氏の業務経験について短く質問すると、副社長の一人を呼んで、こう言ったそうです。「こういう人を探していたんだ」

キュベリス氏は、将来の雇い主の業績を調べるという手間をかけることで、相手に関心を示しました。相手に話させることで、良い印象を与えたのです。

友人であっても、相手の自慢を聞くより、自分の成果を話したいのが本音です。フランスの哲学者ラ・ロシュフーコーはこんな言葉を残しています。「敵が欲しければ、友に勝ちなさい。友が欲しければ、友に勝たせなさい」

友といえども、相手に勝つのはうれしいものですが、相手が勝てば劣等感を感じて嫉妬することもあるのです。

ドイツには、こんなことわざがあります。

「最も純粋な喜びは、悪意から生じる」

これは、「自分がうらやむ人が不運になると、自分は純粋な喜びを感じる」と解釈できます。「人の不幸は蜜の味」と言い換えることもできます。

そうです。あなたの友人の中には、あなたの勝利よりも、あなたの困難から、より多くの満足感を得る人もいるのです。

自分の業績を言う時は、最小限かつ控えめにしましょう。

そうすれば、つねに好感を持たれます。作家のアーヴィン・コッブは、そのための正しい技術を獲得していました。かつて、ある弁護士が証言台に立つコッブ氏に言いました。

「あなたは、アメリカで最も有名な作家の1人でいらっしゃると理解しておりますが、それは正しいですか？」

「実力でなく、運が良かったのです」

謙虚でいたほうがいいのです。あなたも私も、たいしたものではないからです。私たちは全員、この世を去り、今から1世紀後には、私たちのことを誰も覚えていません。自分のわずかな成功の話で他人を退屈させるには、人生は短すぎます。

代わりに、相手に話をしてもらいましょう。そもそも、私たちには、たいして自慢するものもありません。

原則 6

相手にたくさん話させる。

7 協力を取り付ける方法

あなたは、お仕着せの意見より、自分で発見した意見を信頼するのではありませんか？ それなら、あなたの意見を他人に押しつけるのは、良い考えとは言えないのではないでしょうか？

提案しておいて、結論を相手によく考えさせるほうが、ずっと賢明ではないでしょうか？

フィラデルフィア出身の講座受講生アドルフ・セルツは、自動車ショールームのセールスマネージャーです。彼は、弱気でまとまりがない販売員たちに、やる気を出させる必要に迫られました。

そこで、営業会議を開くと、部下に自分への要望を出させました。それから、出た意見を黒板に書いて言ったそうです。

「私は、みなさんが期待する、すべてに応えましょう。次は、私がみなさんに何を期待したらよいか、教えてください」

するとと、忠誠心、正直さ、自発性、楽天性、チームワーク、1日8時間熱心に働くこと、といった返事がすぐに返ってきました。会議で、あらためて勇気とインスピレーションが共有されました。1日14時間働きたいという販売員までいました。セルツ氏によると、驚異的に販売額が増えたそうです。

「彼らは、私とある意味でモラルの契約をしたのです」セルツ氏は言いました。「私が自分の役割に応じて行動するなら、販売員も自分の役割に応じて行動するという決意でした。部下は意見を聞かれたことで、必要なやる気を取り戻したのです」

相手に強制しない

何かを売りつけられているとか、何かを強制されているという気分は、誰も好みません。私たちは、自分の意志で買っているとか、自分の考えで動いていると感じることを好みます。自分の願いや欲求や考えを、人に聞いてもらうことが好きなのです。

ユージン・ウェッソンの例を取り上げましょう。この真理を学ぶ前まで、彼は何千ドルもの手数料を失っていました。ウェッソン氏は、スタイリストや織物業者向けのデザイン・スタジオに、スケッチを売っていました。3年間毎週、ニューヨークのある一流スタイリストを訪ねています。

「彼に会ってもらえなかったことはありません」ウェッソン氏は言いました。「しかし、一度も買ってもらえませんでした。彼は、毎度、入念に私のスケッチに目を通してから、『残念ですが、ウェッソンさん。今回は遠慮させてくれ』と言うのです」

150回の失敗の末、ウェッソン氏はマンネリを自覚し、新たなアイデアと熱意を生み出そうと、週に一度講座に通って、人を動かす方法を学ぶことを決心しました。

そして、講座で学んだ新しいアプローチに励まされ、何枚かの未完成のスケッチを抱えて、バイヤーの事務所に駆け込みました。

「できれば、お願いがあります。未完成のスケッチが何枚かありますが、どうすれば使いものになるか、教えていただけませんか?」

そのバイヤーは何も言わずしばらくスケッチを見つめてから、こう言ったそうです。

「これは預かろう、ウェッソンさん。2、3日したら来なさい」

ウェッソン氏は3日後に再び訪れて彼の提案を聞き、スケッチをスタジオに持ち帰ると、買い手の意見に従って完成させました。その結果はと言うと、全部採用されたそうです。

9カ月前のことでした。それ以来、このバイヤーは、たくさんのスケッチをウェッソン氏に発注しました。全部が、そのバイヤーの意見に従って描かれたものです。最終的にウエッソン氏は、多額の報酬を得ました。

「何年も売り込みに失敗してきたわけです。私は、自分のアイデアを買わせようとしていましたが、逆に、相手のアイデアを聞くことにしました。相手は、自分がデザインしている気になります。実際その通りです。私が売るのではなく、相手が買うのですから」

相手に自分で考えさせる

セオドア・ルーズベルトは、ニューヨーク州知事だった時、非凡な功績を残しています。彼は政界の有力者たちと良好な関係を保ちつつ、彼らがひどく嫌がる改革を断行しました。彼には方法がありました。重要な公職を決める時、有力者たちに候補者を推薦してもらったのです。ルーズベルトはこう述べています。

「彼らは最初に、ある党の、金で何でも言う通りに動く人物を提案してくるでしょう。すると私は、市民の承認を得られないので、そのような人物を任命することは得策ではないだろうと話します。

彼らは次に、別の党の、彼らに逆らわず有利に動いてくれる、長く公職に就いている人物を推してくるでしょう。私は、そのような人物は公益に寄与しないので、その職にもっとふさわしい人物を見つけられないか、と依頼します。

彼らが3度目に提案してくる人物は、ほとんど申し分がありませんが、まだ力不足でしょう。私は、彼らに感謝しつつ、もう一度探して欲しいと頼みます。4度目で、やっと許容できる人物になります。私が自分で選ぶべきところを、代わりにふさわしい人物を指名してくれたことについて、彼らに感謝を表明し、私はその人物をその職に任命します。それを彼らの手柄にさせます。私は彼らに喜んでもらおうとしたのであり、今度は、彼らが私を喜ばせる番ですよ、と告げるでしょう。彼らはそうしてくれました。公務員法案や法人税法案のような、徹底した改革まで支持してくれたのです」

思い出してください。ルーズベルトは、根気強く相手の意見を聞き、助言に敬意を示しました。彼ら自身が要職の候補者を指名したと、本当に思わせたのです。

ロングアイランドのある自動車ディーラーは、中古車をスコットランド人の夫妻に売るため、同じテクニックを使いました。

ディーラーは、夫妻に、次々と車を見せましたが、なかなか折り合いがつきません。気に入らなかったり、調子が悪かったり、値段が高すぎたりしました。この時点で、そのディーラーは、私の講座の受講生の一人に助力を要請してきました。

私たちが勧めたのは、次のようなことです。売るのではなく買ってもらうこと。自分が売りたい車を勧めるのではなく、相手が乗りたい車を言ってもらうこと。自分の考えで決めたように思わせること。

それは良さそうだ、と考えたディーラーは数日後、ある顧客が古い車を下取りに出して、新しい車に買い換えようとしている時、それを試してみることにしました。下取りに出た中古車が、先日の夫妻に合うかもしれないと思ったのです。彼は電話して「特別なお願いです。ちょっとしたアドバイスをいただきたいのですが、こちらにお越しいただけませんか?」と尋ねてみたのです。

スコットランド人が来ると、ディーラーは言いました。「あなたはすご腕の買い手です。自動車の価値をわかっていらっしゃいます。どうか、この車を検分していただき、いくらで引き取るべきか、教えていただけませんでしょうか?」

彼は、「破顔一笑」したそうです。とうとう彼のアドバイスが必要とされたのです。自分の能力が認められました。

彼はその車で周辺をしばらく運転して、こう言いました。「あの車は、300ドルなら掘り出し物だ」

「もし、その金額で売っていたら、お買いになりますか?」

「300ドルで？　もちろんだ」

それは、スコットランド人自身の考えによる鑑定評価です。取引は即決でした。

相手に意見を求める

あるX線装置の製造業者が、ブルックリン有数の大病院に対する売り込みで、同じ心理作戦を用いていています。この病院は、国内最高の放射線科を備えようと増築中で、放射線科の責任者L医師は、各社が美辞麗句で売り込んでくることに、参ってしまっていました。ところが、巧みな業者がいました。競合他社より、はるかに人間の扱い方を知っていたのです。彼は、こんな手紙を送ってきました。

弊社の工場は、最近、X線装置の新商品を完成し、初回出荷分が、ちょうど事務所に到着したところです。まだ完璧でないことは承知しており、ぜひ改善したく存じます。

そこで、先生に実際にご覧いただき、どうすればより使いやすくなるのか、ご意見いただきたく、お願い申し上げます。

ご多忙と承知しておりますので、ご指示いただけましたら、いつでも車でお迎えに上がります。

「その手紙を受け取って、驚きました」L医師は、その出来事を講座で話してくれました。「驚いたのと同時に、ほめられた気分になりました。それまで、X線製造業者から助言を求められたことはありませんでしたから、有用感を感じました。その週は毎晩忙しかったのですが、その装置を調べるため、夕食の約束をキャンセルしました。装置のことは、調べれば調べるほど、好きになりました。

誰も私に売り込んでいません。病院のためにその装置を導入しようという考えは、自発的なものです。私は優れた品質に納得したのです」

ウィルソン大統領の在任中、エドワード・ハウス大佐は、国内外の情勢に大きな影響を及ぼしていました。ウィルソンは内閣のメンバーより、ハウス大佐を頼っていました。大佐は、どんな方法で、大統領に影響を与えたのでしょうか? 幸運にも、アーサー・スミスという人物が、ハウス自身に取材して『サタデー・イブニング・ポスト』紙に寄稿したことで、それが明らかになっています。ハウス大佐はこう語っています。

「大統領と知り合った後、彼をある考えに導くには、考えをさりげなく心に植え付け、それについて彼自身に考えさせることが一番いい方法だと気づいた。最初は、偶然うまくいった。大統領を訪問した時、私は、彼が承認しそうもない政策を提言した。ところが、数日後の夕食の席で、驚いたことに、彼が私の提言を自分のものとして持ち出したのだ」

ハウス大佐は、その時、「それはあなたの考えではありません。私の考えです」と言ったでしょうか？　いいえ。そんなことはしませんでした。彼はずっと巧妙でした。名より実を取ったのです。大統領に、その考えが大統領自身のものだと思わせておきました。

私たちが出会うすべての相手も、ウィルソン大統領と同じだということを忘れず、ハウス大佐のやり方に習ってみましょう。

自分で自分を説得させる

ニューブランズウィックに住むある男性は、私にこのやり方を使いました。私は、当時、釣りとカヌーをするため、情報を得ようと旅行案内所に問い合わせをしました。私の名前と住所がリストに載ったようで、キャンプ場やガイドたちから、すぐに手紙や小冊子、推薦文が載った印刷物がたくさん送られてきました。

どこにすればいいか迷いましたが、あるキャンプ場のオーナーのやり方が、目を引きました。彼は、自分のキャンプ場に滞在したことのあるニューヨーク在住の人々の名前と電話番号を送ってきて、彼らに感想を聞くように促したのです。選ぶ理由を自分で発見するよう仕向けてきたわけです。

驚いたことに、そのうちの一人は知人でした。彼に電話して感想を聞いた私は、そのキャンプ場に自分の予定を連絡しました。

他の業者と違って、そのキャンプ場のオーナーは、私自身に自分のキャンプ場を売り込ませたのです。このやり方には負けました。

原則 7

自分で考えた気にさせる。

8 あなたの人生が驚くほどうまくいく方法

相手が完全に間違っていたとしても、相手はそう思っていません。非難してはいけません。そんなことは愚か者でもできます。理解しようとしてください。賢く、寛容で、非凡な人物は特にそうしようとします。

考えや行動には、理由があります。その理由を探し出してください。そうすれば、あなたは相手の行動、ひいては人格の鍵を手に入れることになります。真剣にその人の立場になってみましょう。

「私が相手の立場なら、どう感じ、どう反応するだろうか？」と自分に問えば、苛立ちも減り、時間の節約になります。原因に関心を向ければ、その結果に共感しやすいからです。その上、人間関係の技術も著しく向上するでしょう。

ケネス・グード氏の著書『人脈を金脈に変える方法』ではこう述べられています。

「自分への関心の強さと、他人への関心の弱さとを、少し立ち止まって比べてみましょう。そこであなたが感じたことは、世界中の誰もが感じることと、まったく同じです。それに気づけば、リンカーンやルーズベルト並みの、強固な基礎が手に入ることになります。人を動かすには、相手の視点に立った共感が必要なのです」

私は何年もの間、自宅近くの公園で、ウォーキングや乗馬を楽しんでいます。古代ケルト社会のドルイド僧のごとく樫の木を敬ってやまないため、若木や低木が不注意の火事で焼けてしまうことを、残念に思っていました。火事の原因は、タバコの火の不始末ではありません。ほとんどが、自然の中でバーベキューをしようとやってきた若者たちが原因だったのです。時には、大火事となり、消防隊が出動しなければなりませんでした。

公園の端には、火事を起こすと罰金や禁固が科される可能性がある、と書かれた標識が立てられていましたが、そこは滅多に人が行かない場所なので、ほとんどの少年たちの目に入りません。騎馬警官が警戒にあたるはずでしたが、真剣さが足りず、失火が続いています。ある時、私は警官に駆け寄り、火事を通報しました。消防署に知らせてほしかったのですが、彼は、そこは担当地区でないから自分の仕事ではないと、無関心に答えました！　私はそれ以来、馬で散策中は、公園の保護官になったつもりで行動しています。最初は、他人の視点でものを見ることができなかったように思います。たき火を見ると、ひどく不満を感じ、正しいつもりで間違ったことをしてしまいました。少年たちのところに駆けつけると、火事を起こした罪で投獄されるかもしれないぞと警告し、火を消すように頭ごなしに命令したうえ、拒絶すれば逮捕させると脅かしたのです。少年たちの立場を考えず、ただ自分の気持ちだけで行動しました。

その結果は？ 少年たちは従いました。ふてくされた様子で、しぶしぶ従ったのです。私が去った後は、また、たき火をしたでしょうし、公園全体を焼き尽くしたくて、うずうずしたでしょう。

相手の立場を考慮する

年月が過ぎ、私は、人間関係について、もう少し知識や分別が身につき、いくらか、他人の立場から物事を見ることができるようになりました。今なら、命令する代わりに、こういう言い方をするでしょう。

「楽しんでる？ 何を料理してるの？……私も子供のころは、たき火が大好きだったんだ。今もそう。でも、公園でやるのは、とても危険だよね。君たちが火事を起こすはずがないってわかってるけど、他の子たちは、それほど慎重じゃない。君たちがたき火をしたのを見つけたら、その子たちもたき火をしてしまう。それを消さずに家に帰ったら、火が乾いた葉っぱに燃え移って広がる。もっと慎重にならないと、ここから木が1本もなくなってしまうよ。火事を起こしたら、君たちは刑務所に入れられるかもしれない。でも、私は威張り散らしたくないし、君たちの楽しみを邪魔したくない。君たちが楽しむのが見たいんだ。だから、今すぐ、火のまわりから葉っぱをよけてもらえないかな。そして帰る時は、たくさん土をかけておいてくれないかな。次からは、丘の向こうの砂場でたき火をしない？　あそこなら、何も心配いらないよ……。みんな、どうもありがとう。楽しんでね」

話し方で、ずいぶん変わるものです！　協力したくもなります。ふてくされることもありません。命令に従うことを強制されず、面目も保たれます。相手の立場を考慮することで、相手も私も、気分良くいられます。

明日、誰かに火を消してもらったり、あなたの製品を買ってもらったり、あるいは、あなたのお気に入りの慈善事業に貢献するよう頼んだりする時は、立ち止まって目を閉じて、別の人の視点から全体を考えてみてはどうでしょう？

「どうすれば、その人がやりたくなるのか？」と考えるのです。時間がかかるのは確かですが、味方ができ、より良い結果が得られるでしょう。摩擦も減って、ずっとやりやすくなります。

ハーバード・ビジネススクールのディーン・ダナムは、言いました。

「面接の時は、自分が言うことのほか、相手の関心や動機から相手が言いそうなことがはっきりわかるまで、訪問先の前の道を2時間でも歩いていたい」

繰り返したいほど、重要な話です。

この本を読んで、何か一つでも得ようというなら、普段から他人の視点で考える癖をつけておき、相手の視点から物事を見ることを心がけてください。もし、それが身につけば、あなたの人生において画期的な出来事になることは明らかです。

原則

8

相手の視点から、誠実に物事を見る。

9　厄介な相手を動かす方法

口論が止み、悪い感情を取りのぞき、善意が生まれ、相手が注意深く聞くようになる。そんな魔法の言葉があったら良いと思いませんか？

それが、ここにあります。

「あなたがそう感じるのも当然です。私もあなたとまったく同じように感じるでしょう」

このような言い方をすると、どれほど怒りっぽくて頑固な人でも態度をやわらげます。あなたが相手の立場なら、相手とまったく同じ気持ちになるという話ですから、あなたは100パーセント誠実な気持ちでそれを言うことができます。ギャングのアル・カポネを例に取りましょう。あなたが、アル・カポネと同じ身体、同じ気質、同じ心を持って、同じ環境で同じ経験をしたとしたら、あなたは、彼とまったく同じように考え、同じように行動したでしょう。彼が彼であった理由は、彼がそういう環境にいたからです。あなたがガラガラヘビでない唯一の理由は、あなたの両親がガラガラヘビでなかったからです。また、あなたが牛やヘビを崇拝しないのは、ヒンズー教徒として生まれなかったからです。覚えておいてください。いらいらしている人も、偏屈な人も、理不尽な人も、本人のせいだけとは言い切れません。かわいそうな人たちだと思って、同情し哀れみ、司祭のジョン・ウェズリーが街で足取りのおぼつかない酔った路上生活者を見て言ったように「自分がそうなる運命だったかもしれない」と考えてみましょう。

あなたが出会う人間の4分の3は、共感に飢え、渇望しています。与えてあげましょう。そうすれば、あなたは愛されます。

相手と同じように感じる

私は、かつて『若草物語』の著者ルイーザ・メイ・オルコットのことを、番組で取り上げたことがあります。彼女が「マサチューセッツ州」コンコードで暮らし、あの名作を書いたことは、もちろん知っていました。しかし無意識に、その場所を「ニューハンプシャー州」だと、言ってしまったのです。

一度だけならまだしも、2回も言ってしまい、手紙と電報が殺到しました。とげとげしい非難が、私の頭の周りを、スズメバチの群れのように飛び回りました。憤慨した手紙がほとんどですが、中には侮辱的な内容もありました。マサチューセッツ州コンコードで育ち、当時フィラデルフィアに暮らしていたある夫人からの手紙は、とくに痛烈でした。仮に私が、著者のオルコットはニューギニア島出身だ、と言ったとしても、これほど怒られはしないでしょう。

手紙を読みながら、私は「私がこの手紙の送り主と結婚していないことを、神に感謝します」と、心の中で言いました。私は地理的な間違いをしましたが、彼女は礼儀において、はるかに大きな間違いをしています。この言い方は、本の書き出しにぴったりなので、彼女に私がどう感じたか知らせたくなりました。しかし、自分を抑えました。そんなことは、どんな向こう見ずな馬鹿でもできるし、実際、馬鹿ほどそんなことをすると気づいたからです。

愚か者には、なりたくありません。そこで、彼女の敵意を、好意に変えようと決心しました。その挑戦は、一種のゲームです。私は自分に言いきかせました。「もし私が彼女だったら、彼女とまったく同じように感じるはずだ」

そして、彼女の立場に共感することにしました。その後、フィラデルフィアに行った時、彼女に電話をかけました。会話は次のような感じで進みました。

私：　先日は、お手紙いただき、ありがとうございます。

彼女：どちら様？（無愛想ながら、品がよく育ちの良い様子で）

私：　お目にかかったことはございません。私はデール・カーネギーです。先日の日曜日、私がルイーザ・メイ・オルコットについて話した放送をお聞きになったと存じますが、その際、彼女の生家がニューハンプシャー州だという、許しがたい失態をしてしまいました。愚かな大失敗を謝罪させてください。手紙を書いていただき、感謝しています。

彼女：こちらこそ申し訳ございません、カーネギーさん。ついカッとして手紙を書いてしまいました。私こそ謝罪いたしますわ。

私：　いいえ！　とんでもありません！　謝罪するのは、私のほうです。子供でも間違えたりしないことを、言ってしまったのですから。次の日曜日には、放送で謝罪しましたが、あなたにも個人的に謝罪したいのです。

彼女：私は、マサチューセッツ州コンコードで生まれました。一族は2世紀前から続くマサチューセッツの名門で、私は自分の生まれ育った州を非常に誇りに思っておりますの。あなたが、作家のオルコットはニューハンプシャー州で生まれたとおっしゃったことで、本当に心が痛みました。とはいえ、恥ずかしいお手紙を送ってしまい、本当に申し訳ありません。

私：　どうかお気になさらずに。あなたのような立場の方からお手紙をいただけることは、滅多にありません。私の話に間違いを見つけたら、またお知らせください。

彼女：　あなたは本当に素晴らしい方です。もっとお近づきになりたいですわ。

このように、私が彼女の立場に共感して謝罪したことで、彼女も私の視点に共感して、謝罪し始めました。私は、自分の怒りを抑えた満足感と、侮辱に対して優しさを返せた満足感を得ました。川に飛び込んでしまえと言う代わりに、彼女に好かれるようになったことで、とても愉快な気分になったのです。

怒りに怒りで返さない

誰でもホワイトハウスの住人になれば、毎日のように厄介な人間関係の問題に直面します。タフト大統領も例外ではありませんでした。彼は、悪い感情という酸を化学的に中和する効果を持つ、共感というものの価値を経験から学びました。著書『奉仕の倫理』で、ある失望した野心的な母親の怒りを軟化させた方法について、なかなか面白い例を示しています。

「いささかの政治的影響力がある夫を持つ、ワシントンのある女性がやって来て、自分の息子をある役職に任命させようと、6週間以上も働きかけ続けていた。彼女は膨大な数の上院議員や下院議員を私のところに送り込み、彼らに力説させた。その役職には、技術的な資格が必要であるから、当該部局の責任者の推薦に従って、私は別の人物を任命した。その女性からは、簡単にできたはずなのに彼女を不幸にした私はとんでもない恩知らずだ、という手紙を受け取った。州の代議員団に働きかけて、私が特に関心があった議案を通す手助けをしたというのに、この報いは何事かと怒っていた。

このような手紙を受け取ると、不適切な行動や非礼に対して、いかに厳しく対処するかを考えがちだ。あなたはすぐに返事を書くかもしれない。だが、あなたが賢ければ、それを引き出しに入れて鍵をかけ、2日経ってから取り出すだろう（たいていは返事に2日遅れても問題ない）。それだけ間隔をあけると、もう送る気がしなくなっているものだ。

これが、まさしく私がやったことである。その後、私はあらためて、彼女にできるだけ丁寧な手紙を書いた。このような状況での母親の失望は理解すると伝えつつ、その役職は、単に私の個人的嗜好で決めたのではなく、技術的な資格を有する人材を選任する必要があり、部局の責任者の推薦に従ったことを伝えたのだ。ご子息が現在の役職で貴女の期待に応えることを望む、とも付け加えた。

彼女は態度を軟化させ、手紙での非礼を詫びる短い手紙を寄こした。

ところが、その任命は承認に手間取った。しばらくして、私は彼女の夫と称する人物から手紙を受け取った。その筆跡はほかの手紙と同じだった。先の件で妻は失望による神経衰弱が原因で病気になり、最も重篤な胃がんになったとある。発令した任命を取り下げ、代わりに息子を任命して、妻の健康を取り戻してもらえないかというのだ。

私は、今度は夫宛てに、別の手紙を書かなければならなかった。診断が間違いであることを望むとともに、奥様の重篤な症状によるあなたの悲しみには同情するが、任命を取り下げることは不可能だと伝えた。任命が承認され、手紙を受け取ってから2日もしないうちに、ホワイトハウスでは音楽会が開催された。われわれ夫婦に真っ先に挨拶したのは、その夫妻だった。妻がつい先日まで危篤状態だったにもかかわらず」

相手に共感し続ける

ソル・ヒューロックは、アメリカで一番の興行主でしょう。20年以上、世界的に有名な音楽家たちを管理してきました。気まぐれなスターを扱って、最初に学んだことの一つは、彼らの風変わりな個性にひたすら共感する必要性でした。

彼は、メトロポリタン歌劇場の豪華なボックス席を沸かせてきたオペラ歌手フョードルル・シャリアピンの興行を、3年間主催していました。シャリアピンは、しつけのなってない子供のように、いつも問題を起こしました。ヒューロック氏に言わせると、「あらゆる点でとんでもない人」だったそうです。

例えば、当日の昼頃、ヒューロック氏に電話して、「ひどく具合が悪い。喉が生焼けのハンバーガーのようだ。今夜は歌えない」と言ったことがあります。ヒューロック氏は口論したでしょうか？　いいえ。興行主はそんなことをすべきでないと、わかっていました。そこで彼は、シャリアピンが滞在するホテルに駆けつけて、気持ちはわかると言ったのです。「なんと残念なことだ！　かわいそうに。もちろん、あなたは歌うことができないのだから、すぐに公演をキャンセルしましょう。あなたに数千ドルの請求が来るだけです。でも、評判を保つことに比べたら何でもありません」

すると、シャリアピンは、ため息をついて言ったそうです。「また後で来てもらったほうがいいかもしれん。5時に、私の調子を見に来てくれ」

5時になると、ヒューロック氏は、再びホテルを訪れ、同情してみせます。公演をキャンセルすると言って譲らない彼に、シャリアピンはまたも、ため息をつくと、「また後で会いに来てくれ。その時には、良くなっているかもしれない」と言いました。

7時30分。この大歌手は、歌うことに同意します。ただし、ヒューロック氏がメトロポリタン歌劇場のステージに出て行って、シャリアピンはひどい風邪で良い声が出ない、と発表するのが条件でした。数千ドルの請求とは、ヒューロック氏の嘘だったのでしょう。それが大歌手をステージに出す、唯一の方法だったからです。

アーサー・ゲイツ博士は、素晴らしい著書『教育心理学』でこう述べます。「同情とは、人類が普遍的に切望するものだ。子供は、自分の怪我を見せたがったり、多くの同情を得ようと傷やアザを付けたりもする。大人も同じで自らの……アザを見せたり、事故、病気、特に外科手術をくわしく説明したりしたがる。現実または想像上の災難における〝自己憐憫〟は、ある程度みんなやっている」

あなたの考えで他人を動かしたいなら、この原則を実践しましょう。

原則

9

相手の考えと欲求に共感する。

10 相手を良い人間に変える方法

私が育ったのは、ミズーリ州の外れです。伝説の無法者ジェシー・ジェームズの農園の辺りです。彼の息子が暮らしていたその農園に、行ったこともあります。息子の奥様からは、ジェームズが列車や銀行を襲った様子や、その金を近隣の農民たちに与えて、抵当を精算させた話を聞きました。

ジェシー・ジェームズは、本当に自分を理想主義者と考えていたのでしょう。第1章で述べたダッチ・シュルツや二丁拳銃のクローリー、アル・カポネも、同じように考えていました。

実は、あなたが出会うすべての人間は——鏡にうつるあなた自身も例外ではありません——自分自身を高く評価しており、自分を優秀で利他的な人間だと思っているのです。

J・P・モルガンは、人が行動する時はたいがい2つ理由がある、と考えていました。一つは、他人から良く思われたいという表向きの動機で、もう一つは、本当の動機です。

本当の動機を特に強調する必要はありません。一方、私たちはみな、心の底では理想主義者であり、聞こえの良い動機を考えたいのです。ですから、相手を動かすには、崇高な使命感に訴えるのです。

それは、ビジネスにも役立つでしょうか？　ペンシルベニア州グレノールデンで会社を経営する、ハミルトン・ファレルの例をご覧ください。ファレル氏が所有する物件の入居者の話です。その入居者は、賃貸契約を4カ月残して、すぐに退去したいという通知を送ってきました。ファレル氏はこう話してくれました。

「その入居者は、冬の間ずっと住んでいました。出て行かれると、1年で一番高い時期になりますから、次の入居者を秋までに見つけるのは難しいのです。かなりの損になるので、本当に腹が立ちました。普通なら、賃貸契約を再び読むように勧めて、もし引っ越すなら、残りの契約期間の家賃全額をすぐに引き落とすと言うところです。回収の算段もついているし、そうしようと思っていました。しかし、怒って醜態をさらす代わりに、他の戦術でいくことにしました。私はこう言ったのです。

『お話は伺いましたが、なお、あなたが引っ越すつもりだとは思えません。賃貸業に携わった経験から、私は人を見る目がありますので、あなたは、約束を破る人ではないとお見受けします。そこで提案ですが、翌月まで数日よく考えてください。それでもまだ、引っ越すつもりがあるようでしたら、私も受け入れましょう。残った家賃を免除して、私の判断が間違っていたとあきらめます。しかし、あなたは約束を守る人ですから、契約を守っていただけると信じます』

そのうち、この入居者が翌月の賃料を払いに来ました。夫婦で話し合って、留まることに決めたそうです。賃貸契約を守ることが一番大事だ、ということになったそうです」

自分が崇高でありたいという欲求

ノースクリフ卿は、公表したくない自分の写真が、新聞に載っているのを見つけて、編集者に手紙を書きました。彼は、「気に入らないから、今後、その写真を公表しないでいただきたい」と言ったでしょうか？　いいえ、彼は崇高な使命感に訴えました。みなが母親に対して持つ尊敬と愛情に訴えたのです。彼は、手紙にこう書きました。「その写真を今後、公表しないでください。母が嫌がりますので」

ジョン・ロックフェラー・ジュニアが、新聞社のカメラマンに、自分の子供の写真を撮るのを止めさせようとした時、彼もまた、崇高な使命感に訴えました。彼は「子供の写真を公表するな」とは言わず、子供たちを傷つけたくないという、私たち全員が持つ情に訴えたのです。「お子さんがいらっしゃる方ならご存じのように、あまりにたくさん注目を浴びるのは、子供にとって良くないのです」

メイン州出身の貧しい少年、サイラス・カーティスは、後に『サタデー・イブニング・ポスト』紙や『レディーズ・ホームジャーナル』誌のオーナーとして巨万の富を得ますが、当初は、相場程度の原稿料も支払う余裕はありませんでした。一流のライターを雇うこともできません。そこで、彼は、崇高な使命感に訴えました。例えば、『若草物語』の著者オルコットの名声が頂点にある時、100ドルの小切手を彼女宛てでなく、彼女が支持する慈善団体宛てに送ると提案して、彼女に執筆依頼を引き受けてもらいました。

疑い深い人は、言うかもしれません。「ノースクリフ卿とかロックフェラーとか、感傷的な小説家とかならともかく、手強い相手からは、そんなやり方でお金を回収できるはずがない」と。

そうかもしれません。あらゆる状況でうまくいくわけではありません。また、あらゆる人間に効くこともありません。ですが、あなたが今、良い結果を残せないでいるなら、試してみてはいかがですか?

理詰めで押し通さない

いずれにせよ、私の受講生だったジェームズ・トーマスの実体験は、興味深いものです。ある自動車メーカーで、6名の顧客がサービス料金の支払いを拒否しました。請求自体に抗議する顧客はいませんでしたが、ある料金が間違っていると主張しています。どんな時でも顧客から承認を取っていたので、会社は請求は正しいという認識で、顧客にもそう伝えていたのです。それが、そもそもの間違いでした。

以下のステップで、会社は支払い期限の過ぎた料金の回収を試みましたが、それで集金は成功したと思いますか?

1 それぞれの顧客を訪問し、長く滞納されていた請求を回収するためにやって来たと、はっきりと告げる。
2 会社側が絶対かつ無条件に正しく、間違っているのは顧客のほうだと主張する。
3 会社は顧客より自動車に詳しいから、話し合いの余地はないと言い切る。
4 その結果、口論になる。

こういうやり方で、顧客と折り合いを付け、料金を回収することができたでしょうか？

結果は、ご想像の通りです。

担当者は法的手段に訴えるところでしたが、運良くゼネラルマネージャーが問題に気づきました。調査すると、支払いが滞っている顧客は全員、これまでの支払い実績に問題がないことがわかりました。回収の方法に、何か大きな間違いがあるようです。

そこで、ジェームズ・トーマスが呼ばれ、問題解決を命じられました。以下は、トーマスがとったステップです。

1　顧客への訪問では、会社の言い分が正しいことは承知のうえで、料金の回収については一言も言わず、会社の対応を調査するための訪問だと説明する。

2　自分の意見は言えないが、顧客から話を聞くまでは、会社に絶対に間違いがないとは言い切れない、と伝える。

3　自分が興味を持っているのは顧客の車だけだと言い、その車に関して、顧客は誰より詳しい権威だと伝える。

4　顧客に話をさせ、関心と共感をもって話を聞く。

5　顧客が耳を傾けてくれた時、最後は相手のフェアプレー精神に懸け、崇高な使命感に訴える。

「まずお伝えしたいのは、私もこの問題の対応が間違っていると感じていることです。私どもの担当者が、ご不便とご迷惑をおかけしました。二度とそんなことがあってはいけません。会社に代わって、謝罪いたします。お話をお伺いし、あなたの公平さと忍耐には、感動せずにはいられません。公平で忍耐強いあなたに、お願いがございます。あなたが良くご存じのことですし、あなたほどの適任者はいらっしゃいません。ここに、あなたへの請求書があります。あなたが弊社の社長になったつもりで、請求金額を訂正してください。それが一番安全だとわかりました。その通りにいたしますので、お任せいたします」

顧客は、請求金額を訂正したでしょうか？　1人は請求金額から小銭分程度を差し引きましたが、残り5人は、全額を支払いました。また、何よりも重要なことに、それから2年もしないうちに、6人全員が新車を購入したのです。

トーマス氏は言っています。

「経験的にわかったことですが、相手が信頼できるかどうか確信がない時は、相手を、誠実で正直で信頼でき、自発的に支払う意志がある人だ、という前提で接するのが唯一正しい方法なのです。

　はっきり言えば、人間は正直であり、義務の履行を望んでいます。例外は、比較的わずかです。騙す意図を持った人でも、相手から正直で公正で公平だと思われたら、たいてい好意的になるという確信があります」

原則 10

崇高な使命感に訴える。

11 考えを効果的に伝える方法

かつて、『フィラデルフィア・イブニング・ブルティン』という新聞が、悪評をたてられました。広告ばかりでニュースが少なく読者はもう興味を失っているという噂が、広告主に広まりました。迅速な行動が必要でした。噂を抑え込まなければなりません。

でも、どうやったのでしょうか? その方法はこうです。

ブルティン紙は、ある一日の、全種類の記事をまとめて分類し、本として出版しました。『一日』という名のその本は、数ドルはしそうな307ページもの厚さになりましたが、2セントで売り出されました。

その本を出版することで、ブルティン紙は、大量の面白い記事を届けていた事実を劇的に演出しました。単に数字や言葉で伝えるよりも、事実をより生き生きと、面白く、より印象的に伝えたのです。

話が長すぎるのは面倒です。効果的ではありません。人間は、行動、それも劇的な行動が好きなのです。例えば、キャッシュレジスターで有名なＮＣＲ社は、自社のセールスマンにアイデアを与えるには、演出が最高の方法だということを発見しました。彼らは、オハイオ州デートンで３日間のセールス・コンベンションを開き、大金を使って、全国からセールスマンを集めました。セールスマンたちは、神に感謝しました。販売についてスピーチをする者が、１人もいなかったからです。１人もです！　スピーチのないコンベンションです。その代わり、あらゆる販売アイデアが、小さなスケッチや演劇で紹介されました。

ニューヨーク大学のリチャード・ボーデン教授とアルビン・ブッセ教授は、７年間かけて合計１万５０００件にのぼる販売事例を分析。その結果を『議論の勝ち方』という本にまとめました。

２人は、ゼネラル・エレクトリック、ゼネラルモーターズ、ウェスティングハウス、デュポンなどアメリカ国内のほぼすべての大企業で、本の原則を具体化した『セールスマンシップの６つの実践的原則』という発表を行なっています。

２人は、まず研究で明らかになった原則を説明してから、原則の応用方法をドラマ仕立てで見せました。最初に聴衆の前で間違った例を演じてみせてから、次に正しい実践方法を披露したのです。

現代は、演出の時代です。単に事実を述べるだけでは十分ではありません。事実は、生き生きと、面白く、劇的であるべきです。ショーマンシップ（サービス精神）が必要なのです。注目されたいなら、あなたもそうしなくてはいけません。

ショーウィンドーの専門家たちは、演出の強力な効果を知っています。例えば、新しい殺鼠剤のメーカーは、２匹の生きたネズミを販売店のショーウィンドーに入れました。ネズミが展示された週の売り上げは、通常の5倍に急増しました。

また、ある自動車部品の業者向けには、壊れない点火プラグを展示。頑丈さを示すため、プラグを岩の塊にたたきつけました。結果、売り上げは１０００パーセント増加しました。

理屈より演出

アメリカン・ウィークリー誌のジェームズ・ボイントンは、膨大な市場レポートをプレゼンテーションしなければなりませんでした。コールドクリームの一流メーカーのために徹底的な調査をしましたが、広告業界にとって有数の重要顧客を前に、最初のアプローチから失敗してしまいました。

「初めての訪問では、印象的な数字の一覧を持って行きました。それら膨大な統計を提示したとたん、調査手法の無駄な議論に脱線してしまいました。間違っていると言われた私は、自分が正しいことを証明しようと、自己満足のために言い分を通しましたが、話し合いは時間切れで終わってしまいました。

2回目の時は、数字やデータは気にせず、演出を心がけました。

オフィスに入ると、彼は忙しく電話をかけていました。彼が話し終えるまでの間に、私はスーツケースを開けて、机の上に32個のコールドクリームの瓶を並べました。すべて彼の会社の競合商品です。それぞれの瓶には、調査結果を箇条書きにしたタグを付けていました。そのタグが、それぞれの商品の状況を劇的に語るわけです。

何が起きたと思いますか？　議論ではなく、新しい何かが始まったのです。彼はコールドクリームの瓶を次々に手に取り、タグの情報を読みました。会話はなごやかになっていきました。

彼は、追加の質問をしました。強く興味を持ったようです。10分間の約束でしたが、20分、40分、そして、1時間が過ぎても、私たちはまだ話していました。

私がこの時に提示したのは、前回と同じ事実だったのですが、今回は演出とショーマンシップを心がけました。それが大変な違いを生んだのです」

原 則

11

自分の考えを演出する。

12 人を動かす裏技

チャールズ・シュワブの部下に、ある工場長がいました。その工場の従業員たちは、割り当てられた仕事を達成できません。シュワブは、彼に尋ねました。「あなたのように有能な人が、どうしたんですか？」

「わかりません」工場長は答えました。「おだてもしました。強制もしました。悪態をついたり、罵ったりもしました。地獄に落とすとか、首にするとか言って脅かしました。しかし、どれも上手くいきません。従業員がまったく働いてくれません」

日勤の終わりで、ちょうど、夜勤がやって来る直前でした。

「チョークを1本くれ」シュワブはそう言うと、一番近くにいた従業員に振り向きました。「今日の君たちのシフトで、加熱処理は何回やった？」

「6回です」

シュワブは一言も言わず、床に大きく「6」とチョークで書いて、出て行きました。

夜勤シフトの従業員が入ってきて「6」という数字を見ると、どういう意味かと不思議がりました。

「シュワブさんが、今日、ここに来たんだ」日勤シフトの従業員が言いました。「何回、加熱処理をしたかと尋ねられたから、6回と答えた。彼が、その数字を床にチョークで書いたんだ」

翌朝、シュワブが再び工場にやって来ると、夜勤のシフトが「6」を消して大きく「7」と書き換えられていました。

日勤のシフトが翌朝、出勤すると、床に大きな「7」がチョークで書かれているのを見つけました。夜勤シフトのほうが、日勤シフトより仕事ができるとでもいうつもりか？ それなら、夜勤に目に物見せてやろうじゃないか！ 日勤の従業員たちは熱心に仕事をし、勤務時間が終わると、大きく「10」と書き残しました。仕事の能率が向上していきます。

やがて、生産性で遅れを取っていたこの工場が、ほかの工場より業績を上げるようになりました。

どんな原理でしょうか？ チャールズ・シュワブ自身がこう言っています。

「成果を上げるには、競争心を刺激することだ。お金を目当てにさせる下劣なやり方でなく、人より優れていたいという願望を刺激するのだ」

優れていたいという願望！　それは挑戦！　勇気ある人間に訴える、間違いのない方法です。

挑戦する力を利用する

挑戦の精神がなければ、セオドア・ルーズベルトは、決してアメリカ大統領になれませんでした。米西戦争でキューバから戻ったばかりの彼はニューヨーク州知事に選ばれますが、反対派は、彼を州の合法的な居住者でないと指摘したのです。弱気になったルーズベルトは辞退を申し出ましたが、トーマス・プラット議員は、挑戦を促します。突然、ルーズベルトのほうを向くと、鳴り響く声で「サンファン・ヒルで突撃した英雄は、臆病者か？」と叫んだのです。

ルーズベルトは、戦いに留まることにしました。その後は、歴史の通りです。挑戦は、彼の人生を変えただけでなく、国の将来にも強い影響を及ぼしました。

チャールズ・シュワブは、挑戦する力の巨大さを知っていました。トーマス・プラットも知っていました。アル・スミスもその1人です。

アル・スミスはニューヨークの知事だった時、あることで悩んでいました。悪名高いシンシン刑務所の所長が決まらないのです。刑務所を統治する強い人材が必要でしたが、誰がいいのか？ スミスは、別の刑務所で所長をしていたルイス・ローズを呼び出すと、陽気に言いました。

「シンシン刑務所の管理を引き受けてくれないか？ 経験豊かな人材が必要だ」

ローズは仰天しました。シンシン刑務所は危険なところです。政治に左右され、刑務所長はしょっちゅう変わっていました。たった3週間しか続かなかった者もいます。今後のキャリアのことを考えればリスクを負えません。

彼のためらいを見たスミスは、いすに寄りかかって微笑みました。

「君が怖いと言うなら、責められない。厳しい場所だからな。大物でないと、務まらないんだ」

スミスは挑戦をちらつかせたのです。ローズは「大物」と呼ばれるような仕事を試してみたくなりました。

こうして、ローズは赴任し、当時、最も有名な刑務所長になりました。彼の著書『シンシン刑務所の2万年』は数十万部も売れ、たくさんの映画にインスピレーションを与えました。犯罪者を「人間らしく扱う」方策は、刑務所改革の奇跡と言われています。

ファイアストン・タイヤの創業者ハーベイ・ファイアストンは、「賃金を支払うだけで、良い人材を集めたり、維持できたりしたことは一度もない。ゲームこそが必要だ……」と述べています。

成功者は、ゲームが好きです。自己表現のチャンスであり、自分の価値を証明するチャンスだからです。他人に秀でたり、勝ったりするためでもあります。有用感を満たしたいからこそ、様々な競技やコンテストが成り立つのです。

原則 12

挑戦させる。

第4章
怒らせずに人を変える9つの方法

NINE WAYS TO CHANGE PEOPLE
WITHOUT GIVING OFFENSE OR
AROUSING RESENTMENT

1　人の失敗を指摘する時、最初にすべきこと

クーリッジ大統領の時代、ある友人が、週末の間、ホワイトハウスに招待されました。大統領執務室に入っていくと、大統領が秘書の一人に、「今朝の服は素敵ですね」と言っているのを聞いたそうです。それは無口で知られる大統領にとって、最大級の称賛でした。あまりに予想外で、その秘書は当惑して顔を赤らめます。そして大統領は言いました。

「君に良い気分になってもらいたくて言ったんだ。今後はタイプする時、句読点にもう少し気をつけてくれたまえ」

彼のやり方は、やや見え透いていたかもしれませんが、心理学的には的を射ています。何らかの称賛を聞いた後なら、不愉快な事柄に耳をかたむけやすくなるからです。

理髪店では、人の髭を剃る前に、石鹼の泡を塗ります。1896年にマッキンリーが行ったのは、まさにそういうことでした。彼が大統領に立候補していた時のことです。著名な共和党員の一人が、応援演説の原稿を書きました。彼は、名演説家として歴史に残るキ

ケロやパトリック・ヘンリー、ダニエル・ウェブスターをひとまとめにしたより、ちょっといい感じに仕上がったと自負し、マッキンリーに、有頂天で原稿を読んで聞かせたのです。

その原稿には、確かに素晴らしい点もありましたが、実際には使えそうもありません。批判の嵐を巻き起こしそうでした。マッキンリーは、党員の気持ちを傷つけたくないし、熱意を無駄にしたくもありませんでしたが、「ノー」と言わなくてはなりません。彼がどれほど上手にやってのけたか、お聞きください。

「友よ、立派で素晴らしいスピーチだ。これだけ良いものを準備するのは、誰にもできない。これを述べるにふさわしい場面はたくさんある。だが、今度の場合は、完全にふさわしいとは言えないかもしれない。君の立場なら正しいだろうが、私は、党の立場からも影響を考えなくてはならない。今から、家に戻って、私が示す方向に沿ってスピーチに手を入れてくれないか」

相手は言う通りにしました。マッキンリーは彼の原稿にペンを入れ、スピーチの書き直しに手を貸します。選挙運動を通して、彼は耳目を集める演説家の一人になりました。

エイブラハム・リンカーンが書いた中で、2番目に有名な手紙について紹介しましょう

（最も有名なものは、ビクスビー夫人宛てに、戦死した5人の子息に対し哀悼の意を表したものです）。

5分足らずで一気に書き上げたというその手紙は、1926年に1万2000ドルで落札されています。ちなみにこの額は、リンカーンが半世紀にわたる重労働で得た報酬より、多い金額です。この手紙は、南北戦争中の1863年4月26日に書かれました。北軍の将校たちは、18カ月間、自軍を悲惨な敗北へと導き続けていました。無駄でばかげた虐殺以外のなにものでもありません。国中が愕然となり、何千人もの兵士が軍から脱走しました。さらに、上院の共和党議員たちが反乱を起こして、リンカーンを強制的に退陣させようとする始末です。

リンカーンの手紙

「われわれは今、破滅に瀕している。神からも見放されたようだ。一筋の希望の光も見えない」リンカーンは、こう述べるほどの暗い悲しみと混沌の中で、この手紙を書きました。

国の命運が将軍の行動にかかっている時、リンカーンが、反発する将軍をどうやって変えようとしたのかが、この手紙でわかります。

リンカーンが大統領に就任して以来、これ以上に非情な手紙は、おそらくないでしょう。

それでも、フッカー将軍の重大な失敗について触れる前に、リンカーンが将軍をほめているることに、気付くはずです。

文字通り、それは重大な失敗でしたが、リンカーンはそのような言い方はしていません。つねに控えめで、人の扱いに長けていた彼は、こう書いています。「完全には満足していないことがいくつかある」控えめな表現で、相手に気を遣っているのがわかります！

これが、その手紙です。


私は、貴官をポトマック軍の最高司令官に任命した。もちろん、十分な理由があるように思えたからそうしたのだ。それでも、私が完全に満足していないことがいくつかあるのを貴官に承知いただくことが、最善と考えている。

私は、貴官を勇敢かつ熟練した指揮官と信じている。もちろん、私はそこが気に入っている。また、貴官が政治と軍事とを混同することはないと信じている。そこにおいて、貴官の行動は適切である。貴官は自分に自信を持っている。絶対に必要とまでは言わないが、価値ある資質である。

貴官は野心的であり、それは節度ある範囲内では、害より利益をもたらす。しかし私が思うに、バーンサイド将軍の指揮下で、貴官が野心に駆られ彼にできる限りの妨害を行なったことは、国に対する、そして、最も称賛と尊敬に値する同輩に対する、重大な過失である。

消息筋からは、貴官は最近、軍と政府には独裁者が必要だと述べたと、聞いている。当然ながら、これに同意して貴官を任命したのではない。成功した将軍なら、独裁者としての振る舞いも許容される。私が現在、貴官に求めるものは軍事的成功であり、そのためなら、あえての独裁も構わない。

政府は、これまでと同様に、かつ、全指揮官に対するのと同様に、力の及ぶ限り貴官を支援する。貴官が軍の中に醸成してきた、上官に対する非難や不信という雰囲気が、次に貴官に向かうことを、私は危惧する。その鎮圧に、私はできる限りの助力を、貴官に申し出るものである。

そのような雰囲気が広まれば、貴官であろうと、ナポレオンであろうと、軍事的成功は何一つ得られないだろう。今後は軽率な言動に注意してほしい。軽率さに注意し、努力とたゆまぬ警戒で前進し、我らに勝利をもたらしていただきたい。

相手の落ち度を責めない

あなたは、クーリッジでも、マッキンリーでも、リンカーンでもありませんから、この哲学が普段のビジネス上でも効果があるかどうかに関心がお有りでしょう。ではご覧ください。フィラデルフィアの建設会社ウォーク社に勤務するW・ゴー氏の例です。

ゴー氏は、私たちと同様、普通の市民です。フィラデルフィアでの受講生で、講座の一つで、この出来事を話してくれました。

ウォーク社は、フィラデルフィアで大型オフィスビルを、期日までに建設し完成させる契約をしました。すべては上手くいっていましたが、ビルの完成間近になって、突然、エクステリアのブロンズ装飾を担当する下請け業者が、期日までに納入できないと言い出したのです。何ということでしょう！ 進行が滞ってしまいます。たった1人のために、とんでもない損失になります！

長距離電話の議論。白熱した会話！ 何をしても埒があかず、ゴー氏は捨て身の覚悟でニューヨークに向かいました。

「あなたのお名前は、ブルックリンではただ1人と、ご存じでしたか？」ゴー氏は社長室に入ったとたん訊ねました。

「いいえ、知りませんでした」

驚く社長に、ゴー氏は言いました。「今朝、電車を降りて住所を調べようと電話帳を開いたら、あなたの名前で、ブルックリンの電話帳に載っているのは、あなた1人しかいませんでした」

「それは知りませんでした」社長はそう言って、興味深く電話帳を調べると、得意げに言いました。「そうですね、普通の名前ではありませんから。私の一族は、約200年前、オランダからニューヨークにやってきました」

彼は、数分間も彼の家族や先祖のことを話し続けました。彼が話し終えると、ゴー氏は、彼の工場の規模をほめます。

「こんなに清潔で整頓された工場は、見たことがありません」

社長は言いました。「私は、このビジネスを築き上げるために、生涯を費やしてきましたし、それを誇りに思っています。工場の周りもご覧になりますか?」

視察の間、ゴー氏は、製造態勢をほめ、競合他社より優れていると感じた経緯と理由を話しました。ゴー氏が、珍しい機械について口にすると、社長は、それらの機械は自分で発明したものだと言い、かなりの時間を費やして、その操作方法や上等な生産品を見せてくれました。その後、訪問客であるゴー氏を昼食に連れて行くと言って譲りませんでした。

思い出していただきたいのですが、ゴー氏はまだ、訪問の本当の目的を、一言も言っていません。

昼食の後、社長は言いました。「では、仕事にかかりましょう。もちろん、あなたがいらっしゃった理由は承知しています。打ち合わせがこんなに楽しくなるとは、思いませんでした。他社からの受注品を遅らせるとしても、あなたからの仕事は間に合わせると約束します。安心してフィラデルフィアにお戻りください」

ゴー氏は、何も頼むことなく、目的をすべて達成したのです。建築材料は期日までに届き、ビルは契約で指定されていた当日に完成しました。

もし、ゴー氏が強硬な態度に出ていたら、どうなったでしょうか？

原 則

1

相手をほめ・尊重することから始める。

2　嫌われずに批判する方法

ある日の正午、チャールズ・シュワブが製鉄所の一つを視察していると、数名の従業員が喫煙しているのを見かけました。彼らのすぐ頭上には、「禁煙」と書かれた表示が貼られています。

シュワブは、その表示を指さして、「あれが読めないのか？」とでも言ったでしょうか？　いいえ、シュワブは、そうしませんでした。彼は、男たちのところに歩いていくと、一人ひとりに葉巻を手渡し「こいつを吸う時は、外で頼むよ」と言ったのです。

彼らも、自分たちの規則破りをシュワブに見られたことは、わかっていました。ところが、シュワブがそれについて何も言わないどころか、小さなプレゼントまでくれて有用感を与えてくれたことに、感激したのです。このような人物は愛さずにいられません。

百貨店経営者のジョン・ワナメイカーも、同じテクニックを使いました。ワナメイカーが毎日、フィラデルフィアの大型店舗を巡回していたある時、1人の顧客がカウンターで待っているのを見つけました。

彼女は誰にも気づいてもらえません。販売員たちは、カウンターの遠いほうの端に集まって、談笑しています。

ワナメイカーは、一言も言わずに静かにカウンターに入ると、自ら接客し、販売員たちに品物の包装を頼んで戻っていったそうです。

批判は口に出さない

1887年3月8日、牧師にして社会改革者のヘンリー・ウォード・ビーチャーが亡くなりました。日本人ならそれを「他界」と表現します。次の日曜日、ビーチャー亡き後の静寂に包まれた説教壇に、牧師であり作家のライマン・アボットが招かれました。彼は最善を尽くし、書いては直しつつ、とても注意深く説教を仕上げ、妻に読み聞かせました。ところが、出来が良くありません。

もし彼女に分別がなければ、こう言ってしまったかもしれません。「ライマン、これはひどいわ。これじゃだめよ。みんな寝てしまうわ。百科事典を読んでるみたい。長年、説教をしているのに、わからないの？　せめて人間らしく話したらどうかしら。不自然よ。

本当にこんなものを読んだら、恥をかくことになるわ」

もし、このように言っていたら何が起きるか、あなたはご存じでしょう。彼女もわかっていました。そこで彼女は、こう述べるにとどめました。

「文芸誌に載せるには、絶品の論文でしょうね」

彼女は原稿をほめながら、同時にそれがスピーチとしては良くないことを、さりげなく示したのです。

ライマン・アボットには、言わんとすることがわかりました。それまで慎重に準備してきた原稿を破り捨てると、メモも使わずに説教を行なったのです。

原則 2

人の間違いは、間接的に指摘する。

3 批判しても相手の不快感を和らげる方法

数年前のことです。姪のジョゼフィン・カーネギーは、私の秘書になるため、故郷のカンザスシティーからニューヨークにやって来ました。当時19歳。高校を卒業してから、働いた経験はほぼゼロです。今では素晴らしく優秀な秘書になった彼女も、初めの頃は……かなり改善の余地がありました。

ある日のこと。彼女を叱ろうとした時、私は自分にこう言い聞かせました。

「ちょっと待て。お前は、ジョゼフィンの2倍も年齢が上だし、仕事の経験は1万倍だ。お前の着眼点や判断力、戦略は平凡だが、それでも同じことを彼女に期待するのは酷だ。そもそも、お前が19歳のころは、どうだった？　愚かな間違いや失敗のあれこれが、あったじゃないか。思い出してみろ」

よく考えてみれば、今19歳のジョゼフィンは、同じころの私よりも出来が良いと言わざるを得ません。

そこで、ジョゼフィンが何か間違えた時、私はこう切り出すことにしました。

「それは間違ってるよ、ジョゼフィン。でも、私がやらかしてきた失敗よりはましだ。判断力は生まれつき備わっているものでなく、経験で身につくものだ。同じくらいの年齢だった時の私より、君のほうがずっと出来が良い。私自身、とてもたくさんの愚かなことをしてきたから、君であれ誰であれ、そんなに責める気にはなれない。でも、君なら、ああすべきだったとか、こうすべきだったと気づくんじゃないかな?」

批判する時は、自分もまた完璧からは遠いのだと、謙虚に認めるところから始めてはいかがでしょう。相手も、あなたの失敗談から始められたら、それほど嫌な思いをせず耳を傾けていられます。

批判を口にしても、称賛でリカバリーする

ベルンハルト・フォン・ビューローは、1909年という昔に、咄嗟にこの方法を使う必要に迫られました。当時、ビューローは、皇帝ヴィルヘルム2世の統治下で、ドイツ帝国の宰相でした。傲慢で横柄なヴィルヘルム2世は、最後のドイツ皇帝であり、軍拡を進めた好戦的な人物です。猛獣さえも自分には尻尾を巻いて逃げると豪語していました。

やがて、大変なことが起こりました。皇帝の不用意な発言が、大陸を揺るがし、世界中に広がっていったのです。英国訪問中の皇帝は、ある対談で愚かで不条理な発言をしました。ドイツが掲載を許可し、その会見が『デイリー・テレグラフ』に載ると、事態が大きく悪化しました。

たとえば、英国に親しみを感じるドイツ人は自分だけであるとか、ドイツ海軍の増強は日本の脅威に対抗するためであるとか、英国のロバーツ卿がボーア戦争に勝利できるよう戦争を計画したのが自分なら、ロシアとフランスの干渉から英国を救ったのも、ほかならぬ自分である、といったことを述べたとされています。

これほど侵略的な考えを口にしたヨーロッパの王侯は、この100年の平時の間、誰もいません。大陸全体が、蜂の巣をつついたような騒ぎになりました。英国は激怒し、ドイツの政治家は仰天しました。

さらに、この騒動の最中、パニックに陥った皇帝は、宰相ビューローに責任を取らせようとしました。「全責任は自分にあり、自分が皇帝にあの発言を述べるよう進言した」と発表させようとしたのです。

ビューローは抗議しました。「しかしながら陛下、私が陛下にそんな進言をすると考える者は、ドイツにも英国にも、1人もおりますまい」

しかし、すぐに重大な間違いをしたことを自覚しました。皇帝が激怒したのです。

「お前は、自分なら絶対にやらないことを、余ならやりかねないと、馬鹿にするのだな！」

ビューローは、非難する前に称賛すべきだったと気づきましたが、すでに遅すぎます。そこで、次善の策に出ました。批判した後から、称賛したのです。それは奇跡をもたらしました。称賛は時にそういう効果があります。

「決してそのような意味ではありません」彼は、謹んで答えました。「私は陛下の足元にも及びません。海軍の知識はもとより、自然科学における知識も、はるかに私を凌いでおられます。

陛下の、気圧計や無線電信、X線についてのご説明には、たびたび感嘆させられます。私は、自然科学については、まったくの無知です。化学や物理学の観念もございませんし、自然現象で最も単純なものも説明することができません。しかし、その代償として、少々の歴史的知識と政治的資質を備えております。特に外交においては、かなりお役に立てると存じます」

皇帝は、顔を輝かせました。ビューローは、皇帝を称賛して得意にさせ、自分は謙虚でいました。皇帝は、すべて許すと、熱を込めて言いました。「言ったはずではないか。皆の知る通り、我々はお互いがいてこそ完全なのだ。団結しようではないか！」

皇帝はビューローと握手しました。一度ではなく何度も。その日のうちに、皇帝は両手を拳に握って熱く叫びました。「ビューローに逆らうことを言う輩《やから》は、鼻にパンチをくれてやる」

ビューローは窮地を脱しました。しかし、抜け目のない外交官である彼でさえ、一つ間違いをおかしたのです。彼は、自分の欠点と皇帝の長所から、話を始めるべきでした――皇帝のことを、保護者が必要なほどの間抜けであるとほのめかすのではなく。

謙遜と称賛が、傲慢な皇帝を忠実な友人に変えることができたのです。日々の人間関係でも、それが何をもたらすか想像してみてください。正しく使えば、人間関係に正真正銘の奇跡をもたらすでしょう。

原則

3

まず自分自身の失敗から話す。

4　命令せずに人を動かす方法

最近、アメリカの伝記作家の重鎮イーダ・ターベルと、食事をご一緒する機会がありました。私が本書を執筆中であることを話したため、人と上手くやっていくという、きわめて重要なテーマが話題になりました。

彼女は、外交官にして財政の第一人者、オーウェン・ヤングの伝記の執筆時に、ヤング氏と3年間同じ職場で働いていた男性にインタビューしたそうです。

相手に考えさせる

この男性は、オーウェン・ヤングが誰かに直接命令を出すのを聞いたことは、一度もなかったと言いました。彼が行なうのはいつも提案であり、命令ではなかったそうです。「これをしなさい、あれをしなさい」とか「これをするな、あれをするな」という言い方はしません。

「こう考えてはどうでしょう?」とか「それは上手くいくと思いますか?」という言い方をしていたというのです。

手紙を口述した後は、たいてい「どう思う?」と訊き、アシスタントが書いた手紙に目を通す時は、「こう言い換えてみると、もっと良くなるかもしれないね」と言いました。つねに、その人自身で取り組む機会を与え、アシスタントにも命令することは一度もなかったようです。仕事を任せ、失敗から学ばせていました。

このテクニックなら、相手も間違いを直しやすくなります。相手を傷つけず、有用感を与えます。また、反抗を抑え協力を促進します。

原則

4

命令でなく、質問を投げかける。

5　不利益な事柄を相手に伝える方法

かつて、ゼネラル・エレクトリック社は、チャールズ・スタインメッツを部門長から解任しなければならないという、難しい問題に直面しました。スタインメッツは、電気に関しては第一級の天才でしたが、計算部門の部門長としては力不足でした。しかし、会社は彼を怒らせる勇気がありません。彼は、不可欠な人材でしたが、かなり神経質なところがあります。そこで会社は仕事は変えず、彼に「ゼネラル・エレクトリック社・顧問技師」という新しい肩書きを与え、部門長のポジションには別の人物を充てました。

スタインメッツも、ＧＥの役員たちも満足しました。気難しい最優秀者を穏やかに操りました。相手の面目を潰さないことで、波風立てずにそれを実現したのです。

相手の面目を保つ！　重要な、きわめて重要なことです！　それなのに、配慮している人は、ほとんどいません。私たちは、他人の感情をまったく無視して、自分の思い通りにしようとしたり、あら探ししたり、脅したり、人前で子供や従業員を非難したりします。

相手が傷つこうが気にも留めません。

ほんのわずかでも言葉に気遣い、相手の立場を思いやれば、相手の痛みはずっと少なくてすむものです。

使用人や従業員を解雇しなければならない、愉快でない状況に直面した時は、それを思い出しましょう。

公認会計士のマーシャル・グレンジャーからの手紙を引用します。

「従業員を解雇するのは、愉快なことではありません。首を切られるのは、さらに愉快ではありません。私たちの仕事はかなり季節に影響されます。3月になると、大幅に人員をカットしなくてはならないのです。

私たちの業界用語で言う〝斧を振り下ろす〟ことは、誰だってやりたくありません。そのため、できるだけ早急に終わらせようとする習慣ができました。通例はこんなやり方です。『スミスさん、おかけください。シーズンも終わりましたので、あなたには、もう業務がありません。もちろん、繁忙期のために採用されたことはご承知ですよね』

こう言われた人は、ある種の失望と〝信頼を裏切られた〟気持ちになります。彼らのほとんどは会計分野に一生携わりながら、自分たちをいとも平気で解雇する会社には愛情のかけらも持ち得ません。

最近、短期社員を解雇する時、もう少し機転と配慮をきかせることにしました。本人の仕事ぶりを慎重に考えてから、各人を呼び、次のような言い方をしたのです。『スミスさん、素晴らしい仕事ぶりでした。ニューアークに行っていただいた時は、大変でしたね。あなたは苦境に陥りながらも、やり遂げました。会社は、あなたを誇りに思っています。あなたには実力がありますから、どこでも成功します。会社はあなたを信頼し、応援しています。それを忘れないでいてください』

効き目ですか？ みな、解雇されたわりに、ずっとましな気分で去っていきます。彼らは〝信頼を裏切られた〟とは思いません。仕事があれば会社は彼らを留めておくことを、理解してくれるからです。そして、会社が再び彼らを必要とする時、前向きな気持ちで戻ってきてくれます」

誰も悪者にしない

政治家のドワイト・モローは、お互いの喉に食らいつこうと喧嘩腰の者同士でも、不思議と和解させてしまうことができました。どのような方法を使ったのでしょうか？ まず、正しいことを綿密に見きわめ、双方に花を持たせます。そして、状況をわかりやすくしてから、慎重に解決に持っていきました。誰も悪者にしません。どんな時でも、相手の面目を保つことが大事なのです。

世界のどこであろうと、真の大人物なら、個人的な勝利にほくそ笑んで時間を無駄にすることはありません。実例を挙げましょう。1922年、何世紀にもわたる対立を経て、トルコは自国の領土からギリシャ人を追放する決意をしました。

トルコ軍の指導者ムスタファ・ケマルは、兵士たちに「諸君の目標は地中海である」とナポレオンのごとく演説し、近代史上まれに見る激戦をくり広げました。戦いはトルコが勝利し、ギリシャ軍の2人の将軍が降伏のためケマルの本部へ出頭しました。トルコの人民は征服者だった2人の敵に天罰が下るように祈りましたが、ケマルの態度は違いました。「お座りください、紳士諸君」と、ギリシャ人の手を握りながらケマルは言いました。「お疲れでしょう」

詳細な軍事的取り決めを議論するに当たり、相手の敗北の衝撃を和らげたのです。ケマルは同じ軍人という立場からこう述べました。「戦争は、最高の人物でも最低の状況になり得るゲームですからな」

勝利しても、ケマルは重要な原則を忘れませんでした。

原則

5

相手の面目を保つ。

6 人を成功させる方法

ピート・バーローは私の友人で、サーカスやボードビルの旅芸人です。私は、ピートの犬の訓練を観るのが好きでした。犬が少しでも良い行ないをした瞬間、ピートは大げさに、犬を撫でたり、ほめたり、肉を与えたりします。

それは新しい技術ではありません。調教師たちは何世紀も使っています。

私は不思議に思いました。なぜ、犬の行動を変えるのと同じ方法で、人間の行動を変えようとしないのでしょうか？ ムチの代わりに、肉を使うのはどうでしょうか？ 非難の代わりに、称賛を用いるのは？ わずかな向上でも称賛しましょう。相手は、もっと良くなろうという気になります。

シンシン刑務所のルイス・ローズ元所長は、重罪犯の受刑者が相手であっても、ほんのわずかな向上をほめれば良い結果が生まれることがわかったそうです。この章を執筆中、ローズ元所長から手紙が来ました。

「私は発見しました。受刑者の怠慢に対して厳しい叱責をするより、彼らの努力に対して、適切な評価を口にするほうが、彼らは協力的になり、更生を進めるうえで大きな結果を出せるのです」

私は、シンシン刑務所に収監されたことはありません。今のところは、です。しかし、自分自身の人生を振り返っても、わずかな称賛の言葉で、その後の生き方が大きく変わった覚えはあります。あなたにも同じ経験がありませんか？　歴史には、称賛がもたらす魔法のような例がいっぱいあります。

ずいぶん前のことですが、ある10歳の少年が、ナポリの工場で働いていました。彼は歌手になりたくてしかたありませんでしたが、最初の教師にがっかりさせられました。「君が歌えるはずがない。まったく声が出ていないし、風でバタバタする雨戸みたいに聞こえる」と言われたのです。

しかし、貧しい農民の母親は、彼を両腕に抱いてほめると、あなたなら歌えるわ、と励ましました。彼女には少年の進歩が見えていたのです。そのため、彼女は音楽の授業料を払うお金を捻出しようと、靴も買わずに裸足で頑張りました。この母親の称賛と励ましが、少年の人生を変えたのです。この少年の名は、有名なオペラ歌手エンリコ・カルーソーです。

わずかな称賛が可能性を引き出す

その昔、ロンドンのある若者が作家を目指していました。しかし、あらゆる困難が行く手をはばみます。4年間しか学校に通えず、父親は借金を支払えず刑務所に入れられました。空腹のつらさが身にしみます。やっとのことでありついたのは、鼠がはびこる倉庫で、靴墨の瓶にラベルを貼り付ける仕事です。夜は、ロンドンのスラムで路上生活をしていた2人の少年と、陰気な屋根裏部屋をねぐらにしていました。

自分の才能にあまり自信がなかった彼は、誰にも笑われないよう、真夜中にこっそり抜け出して、初めての原稿を投函しました。作品は次々と断られますが、とうとう受け入れられる日がやって来ます。1シリングの原稿料すらありませんでしたが、称賛してくれる編集者が1人いました。彼は認められたのです。感動に身震いし、頬に涙を流しながらあてもなく通りをさまよい歩きました。

一つの作品が出版されることで、ほめられた気持ちになったのです。彼の人生のすべてが変わりました。その励みがなかったら、鼠のはびこる工場で一生を費やしたかもしれません。あなたも、その青年の名前を知っているかもしれません。彼の名は、チャールズ・

ディケンズです。

ロンドンには、乾物屋で働くもう1人の少年がいました。彼は5時に起きて、1日14時間、店の掃除などでこき使われていました。本当に退屈な重労働で、嫌でたまりません。2年後、もう我慢できなくなった彼は、ある朝起きると朝食を待たず、家政婦として働いていた母親の元へと、約24キロの道を歩いて行きました。

彼は泣きながら、店に残るくらいなら死んでしまいたいと、半狂乱で母親に懇願しました。それから彼は、母校の校長先生に宛てて、自らの悲嘆を訴える長い手紙を書きます。そこには、悲しみで生きる気力がないと打ち明けられていました。校長先生は、彼に小さな称賛を与えました。とても頭が良い君にはもっと素晴らしい仕事が相応しいと、教師の職を提供したのです。

その称賛が、少年の未来を変え、英文学史に不滅の影響を与えました。少年は、77冊の本を執筆し、ペン1本で当時100万ドル以上稼ぎ出しました。彼のことはご存じでしょう。H・G・ウェルズその人です。

1922年、1人の青年が、妻を支えようと苦労しながらカリフォルニアで暮らしていました。

青年は、日曜日には教会の聖歌隊で歌い、結婚式で誓いの歌を歌っては、時々5ドルもらっていました。町に住むお金がなく、葡萄畑の真ん中に建っていたぼろぼろの小屋を借りました。家賃は月にたった12ドルほどでしたが、それでも支払えず、10カ月滞納してしまいます。家賃の返済のため、葡萄園で働きました。葡萄以外に食べるものがほとんどなかったことが何度もあったそうです。青年は落胆し、歌手をあきらめてトラックの営業販売で生計を立てようとしていた時、作家のルパート・ヒューズが彼をほめました。「君は素晴らしい声を持っている。ニューヨークで勉強すべきだ」

このわずかな称賛と激励が、青年の経歴の分岐点になりました。彼は2500ドル借りて、ニューヨークで再出発しようと決意したのです。彼の名は、ローレンス・ティベット。当時最も有名なバリトン歌手になりました。

人間には眠っている潜在能力がある

人を変えることについての話をしましょう。人の心の中に隠れている宝物に気づかせてあげれば、私たちは、人を変えるだけでなく、文字通り変身させることができます。

大袈裟でしょうか？ それなら、ハーバード大学のウィリアム・ジェームズ教授の賢明な言葉を聞いてください。アメリカ有数の優れた心理学者にして哲学者です。

われわれは、あるべき状態と比べ、半分しか目覚めていない。われわれが活用しているのは、肉体および精神の小さな部分だけである。大まかに言って、人間は、自身の限界よりはるかに小さな範囲内で生きているのだ。人間には、使いこなしていない、さまざまな力が備わっているのである。

そうなのです。これを読んでいるあなたにも、使いこなしていない、さまざまな力が備わっているのです。そうした力の中で、おそらくあなたが、もっとも使いこなせていないのは、称賛によって相手の潜在的な可能性を目覚めさせる、魔法の力です。

原則 6

小さな向上をほめる。すべての改善点をほめる。「心から評価し、惜しみなく称賛する」

7 人の態度を改善する方法

私の友人、ニューヨーク州スカーズデールのアーネスト・ゲント氏の夫人は、家政婦を雇い、次の月曜日から来てくれるように伝えました。

その間、ゲント夫人がこの家政婦を以前雇っていた女性に電話してみると、問題もあるようです。その家政婦が仕事を始めようとやって来た時、ゲント夫人は言いました。

「ネリー、私は、あなたが前に働いていた家に、先日電話してみたの。奥様は、あなたが正直で信頼できて、料理が上手で、子供たちの面倒をみるのがうまい、と言ってたわ。でも、あなたは雑で家をきれいにしてくれない、とも言っていたの。私は、それは嘘だと思うわ。あなたは、誰が見ても身なりがきちんとしているから、あなたが家を、自分と同様きちんと綺麗にしてくれるのは間違いないわ。私たちは、上手くやっていけるでしょう」

実際そうなりました。ネリーは期待に応えようと、家をピカピカに保ち続けたのです。

毎日、喜んで1時間多く床を磨き、掃除しました。

ボールドウィン機関車製造会社の当時の社長サミュエル・ヴォークレインは言いました。

「平均的な人間は、関心を向けてやり、その人の何らかの能力に敬意を払えば、簡単に導くことができる」

要するに、相手のある態度を改善するには、相手がすでに優れた特質を備えているかのように、振る舞えばいいのです。

「美徳がなくとも、あるふりをせよ」と、シェークスピアは書いています。

相手に備えてもらいたい美徳を、すでに相手が備えているという前提で話すと良いでしょう。高い評価を与えれば、人は、幻滅されないように一生懸命がんばるものです。

歌手のジョルジェット・ルブランは、著書『メーテルリンクと私の生活』の中で、控えめなベルギー人の、驚くようなシンデレラストーリーを描写しています。

「近くのホテルから、従業員の娘が食事を運んで来ました。洗い場の助手として雇われた彼女は、醜くて寄り目でがに股で、心身ともに貧相でした。ある日、彼女がマカロニの皿を赤くなった手で持ってきた時、私は単刀直入に言いました。『マリー、自分では気づいていないけれど、あなたの中にも宝物があるのよ』

自分の感情を抑えるのに慣れているマリーは、わずかでも災難を招く危険はおかすまいと、しばらく身動きしませんでした。やがて、彼女はテーブルに皿を置くと、ため息をつきながら率直に言いました。『マダム、そんなこと、一度も考えたことありません』

疑ってかかることもなく、質問もしませんでしたが、調理場に戻って、私に言われたことをみんなに話しました。私の言葉を信じきった彼女を、からかう者は誰もいません。その日以来、ある程度彼女の扱いが良くなりました。しかし、最大の変化は、マリー自身に起きました。自分には見えない力があると信じ、顔や身体の手入れを、ていねいに行なうようになったのです。彼女の隠れていた若さが花開き、貧相さが覆い隠されるほどでした。

2カ月後に私が退去する時には、彼女は、料理人の甥と結婚することになったと知らせてくれました。私のおかげだと言うのです。私のひと言が、彼女の人生を変えたのでした」

ジョルジェット・ルブランは、〝皿洗いマリー〟に、達成すべき評価を与えました。それが、彼女を変身させたのです。

ヘンリー・リズナーは、戦争でフランスに駐留していたアメリカ軍の歩兵の品行を正そうと、同じ技術を使っています。彼は、当時の有名人であるハーボード将軍が、これまで見聞きした中でいちばん清潔かつ高潔なのはフランスにいるアメリカの歩兵たちだ、と言うのを聞きました。大げさなお世辞ですが、リズナーはそれを利用しました。

「私は兵士たちに、将軍が言ったことを必ず話した」と、リズナーは書き残しています。

「それが真実かどうかは、一瞬たりとも疑わなかった。たとえそうでなかったとしても、兵士たちがハーボード将軍の意見を知れば、自らを律する努力をする気になることは、わかっていた」

「悪名のついた犬は殺せ」という、古い格言があります。では、相手に良い名前（良い評価）を与えたら、何が起きるでしょうか？

先に相手への信用を示す

当時26店舗を展開していた自己申告制のレストラン「エクスチェンジ・ビュッフェ」のある役員と最近、話す機会がありました。エクスチェンジ・ビュッフェは、１８８５年から存在していますが、これまで１人の客にも伝票を渡していません。客は帰る時、レジ係に自分の食べた分をただ伝え、その額を支払うのです。

「ところで、誰も見張ってないのですか？」私は、驚いて尋ねました。「全員が全員、正直とは限らないでしょう?」

「まったく見張っていません」と、役員は答えました。「おそらく、ごまかす人もいるでしょう。しかし、私たちは、このシステムが上手くいくことがわかっています。そうでなかったら、半世紀以上も商売が続いていません」

エクスチェンジ・ビュッフェは、客全員に「あなたは正直です」という信用を与えています。だから、金持ちでも貧乏人でも、たとえ泥棒だろうと誰もが、その信用に応えようとするのです。

「もし、ペテン師と取引しなければならなくなったら……」シンシン刑務所の元所長ローズ氏は言います。「相手に勝つ方法が一つだけあります。相手を、まるで尊敬すべき紳士として扱うのです。相手が信頼できることは当然だと思ってください。ペテン師は、そのように扱われたことがうれしく、誰かが自分を信じているということを誇りに感じ、それに応えようとするでしょう」

これは、とても素晴らしく重要な話です。繰り返し読んでください。

原 則

7

実際以上の評価を与える。

8 人の潜在能力を引き出す技術

先日、40歳くらいの友人が婚約しました。彼は、婚約者からダンス・レッスンを受けてほしい、と言われたそうです。

「私にダンスのレッスンが必要なのは明らかだったよ。20年前に初めて踊って以来、何も進歩していないからね。思うに、最初の先生は本当のことを言ったんだろうね。私のダンスは、何もかも間違っているそうだ。一からやり直しになってしまった。だから、やる気も続ける気も失せて、私は、その先生のレッスンをやめてしまったんだ。

次の先生は、本当のことは言わなかったかもしれないが、私はそこが気に入った。彼女は私のダンスを、少し時代遅れかもしれないけれど基礎は問題ありませんと、平然と言うんだ。さらに、私がいくつか新しいステップを覚えるのもわけない、と請け合ってくれた。最初の先生は欠点ばかり強調したけれど、今度の先生は正反対だ。

彼女は、私が正しくできるとほめてくれて、失敗にはほとんど触れない。

『あなたにはリズム感があります』そう言ってくれるんだ。『まさに天性のダンサーだわ』ってね。

自分はこれまでもこれからも、ダンサーとしては四流だとわかっているさ。でも、心の底では、もしかしたら彼女は本気でそう言ってくれたんじゃないかと、いまだに思ってるんだ。もちろん、彼女にお金を払っていたからだけど、それじゃ足りないくらいほめてくれた。

とにかく、彼女に、天性のリズム感があると言ってもらえなかったら、前よりもダンスは上達しなかったと思う。それが励みになり希望になったんだ。上達したいと思わせてくれたよ」

自分の子供や配偶者、または従業員を、ばかとか、間抜けとか、才能がないとか、何もかも間違っているなどとこき下ろしたら、向上心をほぼ根こそぎ奪い取ってしまうことになります。

逆のテクニックを使いましょう。励ましは惜しまず、物事の達成を簡単だと思い込ませます。さらに、相手の達成能力や潜在能力を信じていることを伝えれば、相手はもっとできるようになろうと、朝まで練習するはずです。

相手に自信と勇気を与える

それはローウェル・トーマスが使っているこのテクニックです。彼が人間関係の達人であることは請け合います。彼は人をやる気にさせ、自信を与えます。勇気と信念を呼び起こします。例えば、先日のある週末、私はトーマス夫妻に招かれました。土曜の夜のことです。暖炉の前で行なわれているブリッジに誘われましたが、私はブリッジなんてできません。無理です！　何もルールを知らないのです。不可能です！

「おいおい、デール、こんなのわけないさ」ローウェルは言います。「ブリッジは、記憶と判断だけなんだ。君は、記憶で文章を書いてるじゃないか。君ならブリッジなんて簡単だよ。お手のものさ」

あれよあれよという間に、私は、初めてのブリッジのテーブルについていました。天性の才能があると言われ、さも簡単そうな気にさせられたからです。

ブリッジといえば、エリー・カルバートソンのことを思い出します。カルバートソンの名はブリッジの世界ではお馴染みで、彼のブリッジに関する著書は、１ダースもの言語に翻訳され、１００万部以上売れました。彼の話によると、ある若い女性から才能があると言われなかったら、ブリッジのプロになるなんて、思いも寄らなかったそうです。

彼がアメリカにやって来たのは、1922年のことでした。哲学と社会学の教師になろうとしましたが、職がありません。そこで、石炭を販売してみたものの、失敗してしまいます。次に、コーヒーの販売を試みましたが、また失敗してしまいました。

当時、少しはブリッジをしていましたが、やがて自分がそれを教えることになろうとは、思いもしませんでした。トランプが下手だっただけでなく、とても頑固だったのです。質問ばかりしていましたし、終わった後でも議論をふっかけるので、誰も一緒にプレーしたがりません。

やがて彼は、美しいブリッジ講師ジョゼフィン・ディロンと出会い、恋に落ちて結婚しました。彼がきわめて慎重に手札を分析していることに気づいた彼女に、トランプの才能があると言われたそうです。たった一度のこの励ましで、ブリッジのプロになれたのです。

あなたが、他人を向上させたいなら、これを覚えておきましょう。

原則

8

励ます。改善点をわかりやすくする。簡単にできると思わせる。

9 あなたの望みに喜んで協力させる方法

20世紀初頭、第一次世界大戦が勃発したヨーロッパ諸国は1年以上にわたり、血塗られた人類史の中でも夢想すらされなかった規模で、大量殺戮しあっていました。果たして平和状態に戻ることができるのか、誰にもわかりません。しかし、当時のウッドロー・ウィルソン大統領は、やってみようと決心し、ヨーロッパの指導者たちと協議するため、平和特使を派遣することにしました。

平和の実現を願うウィリアム・ブライアン国務長官は、その偉大な任務を引き受けることで、自らの名を後世に残す機会にしようと考えました。しかし、ウィルソン大統領は、別の人物、彼の親友であるエドワード・ハウス大佐を任命してしまったのです。

ハウス大佐には、ブライアン国務長官に不快感を与えずに歓迎されざる知らせを打ち明けるという、困難な仕事が発生しました。

「ブライアン国務長官は、私が平和特使としてヨーロッパに行くことになったと聞いて、明らかに落胆していました」ハウス大佐は日記にそう記しています。「彼は、自分が任に当たるつもりでいた、と言いました……。私はこう答えました。大統領は、これを公式に行なうことは誰にとっても賢明ではないと考えており、とりわけブライアン国務長官が行けば注目が集まりすぎて世間が騒ぐ、と考えておられます……」

ほのめかされていることが、おわかりでしょうか？　ハウス大佐は事実上、ブライアン国務長官に、この任務はあなたのような重要人物があたるべきではない、と伝えたのです。ブライアン国務長官は満足しました。

処世術に熟達しているハウス大佐は、人間関係のある重要なルールに従っていました。「提案する時は相手を喜ばせる」というルールです。

ウィルソン大統領は、ウィリアム・マカドゥーに入閣を打診する時でさえ、そのルールに従いました。他人に授与できる最高峰の名誉であるにもかかわらず、マカドゥーが自分の重要性を倍増して認識するような方法を用いました。マカドゥー自身がこう述べています。

「彼（ウィルソン大統領）は、現在組閣中であり、もし私が財務長官としてその地位を受け入れるならば感謝してやまない、とおっしゃられた。物事を気持ち良く運ぶように取り計らい、この偉大な名誉を受け取ることで、私が彼の願いを聞いてやったかのような雰囲気を作り出したのだ」

残念なことに、ウィルソン大統領は、いつも必ずこの方法を使っていたわけではありませんでした。もしそうしていたならば、歴史は変わっていたかもしれません。

例えば、国際連盟への加入をめぐって、上院と共和党から不興を買っています。エリフ・ルートやチャールズ・ヒューズ、ヘンリー・ロッジのような著名な共和党幹部が講和会議に同行するのを拒否する一方、自身の党から無名の男性を連れていきました。共和党を冷遇し、国際連盟の構想から閉め出して、成果を分け与えることも拒否しました。こうして人間関係をないがしろにした結果、自身のキャリアを台無しにし、健康を害して寿命を縮めました。アメリカが国際連盟に不参加となる原因を作り、歴史の流れを変えてしまったのです。

断る時も相手に嫌な思いをさせない

世界有数の出版社ダブルデイも、常に「提案する時は相手を喜ばせる」というルールに従っていました。この会社はそれがとてもうまいのです。短編小説の名手O・ヘンリーによると、作品を断るにしても、とても優雅に、とても気づかいながらやってのけるので、他の出版社に採用されるよりダブルデイに断られるほうが、気分は良かったそうです。

私の知人は、友人や義理のある人から頻繁にスピーチを依頼されますが、多くは断らざるを得ません。しかし、断られても相手が気を悪くしないよう、たくみにやってのけています。どうやっているのでしょう？　多忙だというような言い訳はしません。その依頼に対する感謝とともに、それを辞退しなくてはならないことが残念であると告げてから、代理の人物を紹介するのです。

相手に拒否された不満を抱くすきを与えません。相手の思考を、次のように、すぐに代理の人物へと向けてしまうからです。

「私の友人であるブルックリンイーグル紙の編集人クリーブランド・ロジャーに、スピーチさせてみてはどうでしょう？　それとも、ガイ・ヒコックはいかがですか？　彼はパリに15年住んでいて、ヨーロッパの通信員としての経験から、驚くような話がたくさんできます。リビングストン・ロングフェローを呼ぶのはどうですか？　彼は、インドでハンティングした時の、素晴らしい映像を何本か持っています」

肩書きを与える

大手印刷会社ウォント社の代表ウォント氏は、反感をかわずに、ある機械工の態度と言動を変える必要に迫られました。この機械工の仕事は、たくさんのタイプライターや機械を、昼夜、動かし続けることです。

機械工は、作業時間が長すぎるとか、作業量が多すぎるとか、助手が必要だとかいつも不満を言っていました。

ウォント氏は彼に助手をつけませんでした。作業時間を短くすることも、作業量を減らすこともしませんでした。それにもかかわらず、機械工は喜んでいます。どうしてでしょうか？ 機械工には個室が与えられました。ドアには彼の新しい肩書きとして「サービス部 部長」と書かれています。

彼は、もはやあらゆる人から指図される、単なる修理人ではありません。部門長なのです。尊厳と真価を認められ自己有用感を得たため、不満を言うこともなくなり、満足して働いています。

子供っぽい方法でしょうか？ おそらくその通りです。ナポレオンが、レジオンドヌール勲章を１５００個も兵士に配ったり、将校を18人も元帥に任命したり、自軍を「偉大なる軍」と呼称したりした時にも、そう言われました。

歴戦の勇士たちに「おもちゃ」を与えたと批判されたナポレオンは、「男は、おもちゃが大好きなんだ」と述べたそうです。

肩書きと権威を与えるというナポレオンの手法は、あなたが使っても効果があります。先にもエピソードを紹介した私の友人アーネスト・ゲント氏の夫人は、子供たちが走り回って芝生をだめにしてしまうことに悩んでいました。怒ったり、おだてたりしてみましたが、どちらも効果がありません。そこで彼女は、子供たちのグループのいちばん悪い少年に、肩書きと権威を与えることにしました。彼を「刑事」に任命し、芝生への侵入を防ぐ責任者にしたのです。それで問題は解決しました。「刑事」は、芝生への侵入者を、喜んで取り締まりました。

それが人間というものです。反感や怒りをかうことなく、他人を変えたいなら、このルールに従いましょう。

原則

9

相手が喜ぶ提案をする。

第 5 章

敵を味方に変える方法

HOW TO CHANGE
AN ENEMY TO AN ALLY

1　奇跡を生む手紙

あなたの考えていることはわかります。おそらくこうでしょう。

「『奇跡を生む手紙』だと？　ばかばかしい。いい加減な広告と同じにおいがするぞ」

そう考えたとしても責めることはできません。15年前なら、私も同じように思ったでしょう。信用できないでしょうか。私は、簡単に信用しない人が好きです。疑り深い州の別名を持つミズーリで20歳まで過ごしたのです。証拠を求める人は歓迎します。新約聖書に登場する疑い深いトマスのような人や、質問する人、問いただす人、証拠を見せろと言い張る人が、人間の思考力の大部分を進化させてきたのです。

正直に言います。「奇跡を生む手紙」という見出しは的確でしょうか？

実は、的確ではありません。

本当のことを言うと、事実をわざと控えめに表現しています。本章で再現している手紙の結果は、奇跡の倍という評価を得ているのです。誰が評価したのでしょう？　有名なセールスプロモーションの達人ケン・ダイクです。以前は建材大手のジョンズ・マンビル社の販売促進マネージャーで、現在は家庭用品メーカーのコルゲート社で広告マネージャーと、全米広告主協会の会長を兼任しています。ダイクは「以前なら、卸売業者に送った手紙のうち、返事が来るのはせいぜい5パーセントから8パーセントだった」と述べています。15パーセントあれば驚くべきことであり、20パーセントなら、まさに奇跡だ、と私に話してくれました。

ところが、これから紹介するダイクの手紙には、42・5パーセントの返信があったそうです。言い換えれば、奇跡の倍です。笑い飛ばしてはいけません。この手紙は、戯れでも幸運でも偶然でもありません。ほかの多くの手紙でも似たような結果が見られています。

ダイクは、何をしたのでしょうか？　ダイク自身がこう説明しています。

「手紙の効果を驚くほど上げることができたのは、カーネギー氏の『効果的な話し方と人間関係』の講座を受講してすぐのことだ。それまでのやり方は、すべて間違いだったとわかった。そこで、カーネギー氏の本で教えられている方法を試すと、情報を求める手紙への回答が500パーセントから800パーセントも増えたのだ」

その手紙を、次に引用しました。小さな頼みごとをすることで、相手を尊重し、有用感を与えています。私のコメントを括弧の中に記しました。

小さな頼みごとの大きな効果

○○様

貴殿のお力をお借りできませんでしょうか？　少々、困ったことがございます。

（建築資材の製造大手ジョンズ・マンビル社の重役から手紙を受け取った、アリゾナの製材卸売業者を想像してみてください。手紙の1行目で、大企業の重役が、困っていると述べています。卸売業者のつぶやきが想像できます。

「この男が困っているというなら、正しい人間に助けを求めたというものだ。俺は、いつだって思いやりを持っているし、人を助けるよう心掛けてる。彼に何が起きたのか見てみようじゃないか」）

代理店の皆さまが最も必要としていることは、弊社の費用負担で年間を通じたダイレクトメールによる宣伝を行なうことだと、昨年、会社を説得しました。

（アリゾナの卸売業者はこう言うでしょう。「大企業が費用を負担するのは当然だ。実際、利益のほとんどを持って行くのだからな」）

最近、この制度を利用したことのある1600社の卸売業者様にアンケートを送ったところ、うれしいことに、こうした形での協力にとても助けられているといった、何百もの回答をいただきました。

この成果をもとに、弊社は、さらに皆さまに気に入っていただける新たなダイレクトメールのプランを開始させていただきました。

ところが今朝になって、弊社の社長から、昨年の企画で代理店に何件受注があったのか、報告を求められました。社長に報告するには貴殿のご協力が必要なのです。

（「社長に報告するには貴殿のご協力が必要」は、とても良い言い回しです。ダイレクトメールは自社がどれほど大事かを述べて時間を無駄にしていません。代わりに、その卸売業者からどれほど多くのことを学ばなければならないかを、すぐに示しています。この卸売業者の助けがなければ、社長への報告さえできないことを認めているのです。言うまでもなく、卸売業者も人間ですから、こうした話し方に好感を持ちます）

お願い申し上げたいことは、次の２つです。
①ダイレクトメールがきっかけと思われる、屋根ふきや、ふき替えの発注がございましたら、その数を同封の葉書でお知らせいただけませんでしょうか？
②その発注額の合計を、できるだけ詳細に教えていただけませんでしょうか？
もしご協力いただけましたら、心から感謝申し上げます。どうか情報をいただけますよ

う、貴殿のご厚意にすがり、お願い申し上げます。

販売促進マネージャー
ケン・ダイク

単純な手紙には違いありません。しかし、小さな頼みごとをすることで、相手に有用感を与え、「奇跡」を起こしたのです。

この心理作戦には効果があります。ジョンズ・マンビル社の製品を販売する時でも、フォード車でヨーロッパを観光している時でも、効き目があります。

作家のホーマー・クロイと私は以前、フランスの田舎町を車で移動中、道に迷ったことがあります。古いT型フォードに乗りながら、地元の人たちに次の大きな街への行き方を尋ねました。

質問の効果は絶大でした。地元の人たちは、アメリカ人は皆、金持ちだと思っていたのでしょう。しかも、その地域では当時、車はかなり珍しかったのです。私たちは、フランスを車で旅行中のアメリカ人です。もちろん大金持ちに違いありませんし、フォードの創業者ヘンリー・フォードの親戚かもしれません。

一方、地元の人たちは、私たちが知らないことを知っています。私たちは、彼らよりたくさんのお金を持っていますが、次の街までの道を知るために、彼らに丁重な態度で接していています。それが、相手に有用感を与えたのかもしれません。地元の人たちは、先を争うように道順を教えてくれました。

原則 1

相手に小さな頼みごとをする。

2　相手の態度を変える方法

ベンジャミン・フランクリンは、この方法で、手強い敵を生涯の友に変えています。当時まだ若く、小さな印刷会社のために貯金のすべてを使ってしまっていたフランクリンは、何とかして州議会の書記に選出してもらおうとしていました。その職務に就けば、公的な印刷物の仕事が入ります。どうしてもその職が必要でした。ところが、面倒な人物が現れました。議会でも屈指の資産家である有能な男が、ひどくフランクリンを嫌っていたのです。嫌うだけではなく、公衆の面前でフランクリンを非難していました。

危険です。たいへん危険なことです。そこでフランクリンは、その男に自分を好きになってもらうことで、問題を解決しました。

そんなに難しいことを、どうやって解決したのでしょうか？　敵に支持表明でもしたのでしょうか？　いいえ。それでは、相手の疑念と軽蔑を誘います。

フランクリンは非常に賢かったので、そのような罠には陥りませんでした。彼が行なったのはまったく逆のことです。敵に頼みごとをしたのです。借金でも申し込んだのでしょうか？ いえいえ、まったく違います。その男を喜ばせるような頼みごとをしました。虚栄心をくすぐり、相手を評価し、相手の知識と功績を称賛していることを巧みに表現しました。次のような書き残しがあります。

「彼が、滅多にないほど珍しい本を持っていると聞いた私は、その本を読みたいという希望を伝えるとともに、熟読したいので数日間お借りしたい、という手紙を書いてみた。すぐに本が送られてきた。私は強い感謝の念を表した別の手紙を添えて、約1週間で本を返却した。その後、議事堂で会った時、彼が話しかけてきた（彼がそんなことをしたのは初めてだった）。とても礼儀正しく接してくれた。それからは、どのような時も進んで助けてくれて、私たちは親友となった。友情は彼がこの世を去るまで続いた」

フランクリンは150年以上前に亡くなりましたが、フランクリンが用いた、相手に何かを依頼する心理作戦は、今日でも効果を発揮します。

その心理作戦は、私の受講生だったアルバート・アムゼルの、目覚ましい成功にも役立ちました。配管や暖房器具を販売するアムゼルは、ブルックリンのある配管業者から注文を取りたいと、何年も思っていました。その配管業者はかなり手広く仕事をしており評判も良いのですが、始めからアムゼルを相手にしてくれません。気性が激しく乱暴で厄介な人物でもあります。机の向こう側に座り、唇の端で太い葉巻を上下させながら、アムゼルがドアを開くたびに怒鳴りつけました。「今日は何も必要ない。俺とお前の時間を無駄にするな。あっちへ行け」

頼みごとで相手の心を開く

そんなある日、アムゼルは新しい方法を試してみました。配管業者の心を大きく開き、友情を結び、多くの注文をもたらす方法です。

アムゼルの会社は、ロングアイランドのクイーンズ・ビレッジに新しい支店を開こうとしていました。そこは配管業者が大きく事業を展開している場所でもありました。アムゼルは、配管業者を訪れて言いました。「今日は何かを売りに来たのではありません。よろしければお願いしたいことがあるのです。少しお時間をいただけませんか?」

配管業者は新しい葉巻に火をつけながら答えました。「何に困ってるんだ。早く言え」

「実はクイーンズ・ビレッジに支店を出そうと思っています。あなたには土地勘がおありです。あそこに支店を出すのは得策かどうか、お考えを伺いたいのです」

新しい状況でした。配管業者は長い間、やって来るセールスマンたちを怒鳴りつけては、あっちへ行けと命令することで有用感を得てきました。

ところが、彼の助言を求めるセールスマンがここにいるのです。大きな不安を抱え、どうするべきか聞きたがっています。

「座れ」配管業者は椅子を引きながら言うと、それから1時間、クイーンズ・ビレッジの配管市場について、特有の利点と価値を細かく説明しました。支店の場所に賛成したばかりでなく、不動産の購入や商品の仕入れ方、開業の完璧な進め方についてまで知恵を提供してくれました。アムゼルに事業経営という大切な話をすることで、有用感を得たのです。話題は個人的なことに広がっていきました。配管業者は好意的になり、アムゼルに家庭内の厄介事や諍《いさか》いのことを話しました。

「その日の午後、配管業者のもとを去るまでに、大規模な初注文をもらえたばかりか、仕事仲間としての堅い友情の礎を築きました。以前は私を怒鳴りつけていた人と、今はゴルフを楽しんでいます。相手の態度が変わったのは、有用感を感じさせるような小さな頼みごとをしたからです」アムゼルはそう話しています。

ケン・ダイクのもう一つの手紙を見て、彼がいかにうまく「頼みごと」の心理作戦を利用しているか、あらためて見てみましょう。

数年前、彼は、事業家や建設業者や建築家に案内の手紙を出しても、反応がないことに悩んでいました。

その頃、建築家や技術者に出した手紙では、1パーセント以下の回答しか得られないことがほとんどでした。2パーセントあればかなり良く、3パーセントあればずば抜けて良いと思われていました。10パーセントあったら奇跡だと大喜びしたでしょう。

ところが、これから紹介する手紙は、ほぼ50パーセントの回答を引き寄せました。奇跡の5倍です。しかも、帰ってくるのはすばらしい反応ばかりでした。数ページに及ぶ回答や、好意的な助言と協力に胸が熱くなるようなものまでありました。

その手紙がこれです。使われている心理作戦や、いくつかの箇所では言い回しまでもが、先に引用した手紙と同じであることがわかります。

この手紙に目を通しながら、行間を読み、受け取った人の気持ちを分析してみてください。奇跡の5倍の成果をもたらした理由を見極めましょう。

もう一つの奇跡の手紙

○○様

貴殿のお力をお借りできませんでしょうか？　少々、困ったことがございます。

1年ほど前、建築家の皆さまが最も必要としていることは、弊社で扱うすべての建材と、家屋の修繕や改築での用途を網羅したカタログであると、会社を説得しました。同封のものが、その第1弾です。

ところが最近、カタログの在庫が少なくなり、その旨を弊社の社長に伝えました。社長は（どの社長もそうするように）、そのカタログが本来の役割を果たしているという満足のいく証拠を示せるなら、新たに作ることに異存はないと言うのです。

当然、貴殿のご協力を仰がなければなりません。誠に勝手ながら、貴殿と国内49人の建築家に審査員となっていただきたく、お願い申し上げる次第です。

少しでもお手間を省くため、この後にいくつか簡単な質問をご用意してございます。回答をご記入のうえ、自由にご意見を添えていただき、同封の切手つきの封筒に入れていただけましたら幸いです。

申し上げるまでもなく強制ではございません。カタログを中止するようご意見いただくのも、あなたの経験と助言をもとに改訂版を作るようご意見いただくのも自由です。

どのような形であれ、貴殿のご協力に心からの感謝と御礼を申し上げます。

販売促進マネージャー
ケン・ダイク

一つ忠告します。この手紙を読んで、機械的に同じ心理作戦を試みる人がいることを、私は経験上知っています。そういう人は、純粋な偽りのない評価ではなく、お世辞や心にもない言葉で相手の自尊心を高揚させようとしがちです。でも、そういうやり方では効果がありません。

人は誰でも、尊重され、認められることを切望し、そのためならほとんど何でもします。それは忘れてはいけませんが、心にもない言葉を欲しがる人は誰もいませんし、わざとらしいお世辞を欲しがる人もいません。

繰り返します。本書で教える方法は、それが心からのものである時にのみ、有効なのです。手練手管を述べているのではありません。私が話しているのは、新しい生き方のことなのです。

原則

2

小さな頼みごとをする。

第6章

家庭生活を幸福にする7つの原則

SEVEN RULES FOR MAKING
YOUR HOME LIFE HAPPIER

1　結婚の幸福を保つ方法

ナポレオン・ボナパルトの甥ナポレオン3世は、美しいテバ伯爵ウジェニー・ド・モンティージョと恋に落ち、結婚しました。たかがスペインの取るに足らない貴族の娘じゃないかと忠告する人には、「それがどうした」と言い返しました。ウジェニーの気品、若さ、魅力、美貌に、舞い上がっていたのです。玉座からの演説では、「余は、自分のことを知らない女性より、余が愛し尊敬する女性を選んだのだ」と、国中に向けて言いました。

ナポレオン3世夫妻には、健康、富、権力、名声、美貌、愛情、敬慕の念といった、完璧なロマンスに欠かせないものすべてが揃っていました。結婚の聖なる炎は、見たこともないほど燃え上がります。

ところが悲しいことに、聖なる炎は次第に弱まり、残ったのは燃えかすだけでした。ナポレオン3世は、ウジェニーを皇后にすることはできましたが、愛の力や王の権力などをもってしても、ウジェニーの口やかましさを防ぐことはできなかったのです。

嫉妬に悩み、猜疑心にかられたウジェニーは、ナポレオン3世に従わず、プライバシーさえ与えませんでした。国政が執り行なわれる執務室に押し入ったり、重要な会議の邪魔をしたりしました。他の女性が近づくことを常に恐れ、ナポレオンが1人になるのを嫌がりました。

頻繁に自分の姉の元へ行っては、不満を言いながら、泣いたり喚いたりしました。ナポレオン3世の書斎に踏み込んで怒鳴りつけ、罵ったこともあります。ナポレオン3世は、贅をこらした宮殿の主であり、フランスの皇帝でしたが、自由になれる場所は食器棚の中にさえありませんでした。

ウジェニーは、何を得たのでしょうか？　答えは、E・A・ラインハルトの興味深い本『ナポレオンとウジェニー　皇帝の悲喜劇』から引用します。

「ナポレオン（3世）は夜になると、たびたび宮殿の脇の小さな扉から忍び出るようになった。中折れ帽を目深にかぶり、腹心を伴って、ナポレオンを待ちわびる美女のもとを訪れたり、年老いてからは、物語以外で皇帝がほとんど知ることのないような道を通って、望んでいた自由な空気を吸い込みながら、大都市をそぞろ歩いたりした」

これが、ウジェニーが口やかましさから招いたことです。確かにウジェニーはフランスの玉座に身を置きました。絶世の美女でもありました。しかし、身分や美貌をもってしても、口やかましさという不快なガスが充満していては、愛を育み続けることはできなかったのです。ウジェニーは、不幸に見舞われた旧約聖書の人物ヨブのように声を張り上げながら「とても恐れていたことが〝起きてしまった〟」と、泣き喚いたことでしょう。でも〝起きてしまった〟のではありません。哀れなウジェニーは、嫉妬と口やかましさから、自らその状況を〝起こしてしまった〟のです。

口やかましさは愛を壊す最強の方法

愛を壊すための確実で非道な方法の中でも、口やかましさは特に破壊力があります。決して失敗しません。コブラが嚙みつくように、必ず息の根を止めます。

文豪トルストイの夫人がそれに気づいた時は、すでに手遅れでした。夫人は亡くなる前、娘たちに「お父様が亡くなったのは私のせいです」と告白しています。娘たちは返事もせずに泣きました。夫人が真実を語っていることを、知っていたからです。夫人の終わらない不平不満、あら探し、口やかましさがトルストイを死に追いやったのです。

トルストイ夫妻は、どう考えても幸せになれるはずでした。トルストイは、史上屈指の文豪で、2冊の代表作『戦争と平和』と『アンナ・カレーニナ』は、不朽の名作です。

トルストイは有名であったがために、熱烈な信者に昼も夜もつきまとわれ、口から出るすべての言葉を、彼らに書き留められました。「そろそろ寝ようかな」という独り言のような些細な言葉でさえ、漏れなく記されました。ロシア政府は、トルストイが残したすべての言葉を公表していますが、すべてを合わせれば100巻に上るでしょう。

夫妻は、名声のほかに、富や社会的地位、子供にも恵まれました。これほど順風満帆な結婚生活はありません。初めのうちは、幸せと愛情があふれているように見えました。その絶頂が永遠に続くよう、2人で神に祈ったほどです。

やがて、驚くことが起きました。トルストイが次第に変わっていき、ついにはまったく別人のようになったのです。それまでの著書を恥じ、平和を説いたり戦争と貧困の廃絶を訴えたりする小冊子を書くことに、人生を捧げるようになってしまいました。

若い時にはあらゆる罪を犯し、殺人にも手を染めたと語ったことのあるトルストイが、キリストの教えを文字通りに実践しようとしたのです。所有していた土地をすべて売り払い、貧しい生活を送りました。野に出て働き、木を切ったり干し草を投げ上げたりし、手製の靴を履き、自分で自分の部屋を掃除し、木の器から食事をし、敵を愛そうとしました。

トルストイの人生は悲劇的でした。その原因は、結婚です。夫人は贅沢を好みましたが、トルストイは嫌いました。夫人は名声や社会的評価を欲しましたが、トルストイにとっては取るに足らない無意味なものでした。夫人は富や財産に執着しましたが、トルストイはそうしたものを罪だと信じたのです。

　トルストイが印税も何もかも放棄して著書の権利も手放すと言ったので、夫人は長年、口やかましく責め立てたり、金切り声を上げたりしました。トルストイの本がもたらす富を手放したくなかったのです。

　夫人は、トルストイが逆らうと、ヒステリーの発作を起こし、アヘンの瓶を唇に挟んで床を転げ回って死んでやると毒づき、井戸に身を投げると脅しました。

　夫妻の人生に起きた、他に例を見ないほど痛ましい出来事があります。すでに述べたように、結婚当初、夫妻は本当に幸せでした。しかし48年経って、トルストイは夫人の姿を目にするのも我慢なりません。ある夕方、悲しみに暮れた老夫人は、愛に飢え、トルストイの足元に跪き、50年前に自分を想って書いた日記のすばらしい愛の一節を、声に出して読んでほしいと懇願しました。トルストイが、永遠に戻ることのない美しく幸せな日々について読み上げると、2人は涙しました。現実は、はるか昔に思い描いた情熱的な夢と、どうして違ってしまったのでしょうか。

　1910年10月のある雪の夜、82歳のトルストイは、ついに家庭の不和に耐えきれず、夫人のもとから寒く暗い街へとあてどなく逃げ出すと、その11日後、鉄道の駅で肺炎のため息を引き取りました。死に際の願いは、夫人を自分に近づけるなというものでした。

これが、夫人の口やかましさ、不平不満、ヒステリーの代償です。

夫人には、口やかましくするだけの理由があったのでしょう。でも、それは関係ありません。その口やかましさは自分の役に立ったのか、それとも事態を大きく悪化させたのか、ということが問題なのです。

「私は本当にまともじゃなかった」夫人はそう思いましたが、遅すぎました。

リンカーン最大の悲劇

エイブラハム・リンカーンの生涯を悲劇的なものにしたのも、結婚でした。暗殺されたことではなく、結婚したことが悲劇だったのです。暗殺された時、リンカーンは撃たれたことに気づきませんでした。しかし、「結婚による不幸の産物」は23年間ほぼ毎日味わってきたと、法律事務所の共同経営者であるハーンドンは言います。「結婚による不幸」とは、控えめな表現です。リンカーン夫人のメアリー・トッドは口やかましさで、四半世紀近くリンカーンの人生を苦しめたのです。

夫人はいつも不満を述べ、リンカーンをこき下ろしていました。リンカーンには、良いところが一つもない。猫背で、不自然な歩き方で、まっすぐ足を上げ下げする。不器用で動作に気品がない。リンカーンの歩き方を真似て馬鹿にし、自分がレキシントンのマダム・メンテール寄宿学校で教わったように、つま先を下に向けるよう口やかましく言いました。大きな耳、曲がった鼻、突き出た下唇、青白い顔、手足が大きすぎるのに頭が小さすぎるといったことまで罵りました。

夫妻は、受けた教育、背景、気質、好み、考え方など、すべてが逆でした。お互いに絶えず腹を立てていました。

リンカーン研究の大家アルバート・ベバリッジ上院議員は、「リンカーンの妻の大きな金切り声は、道を隔てたところでも聞こえた。怒声は絶え間なく近所中に響き渡った。怒りを言葉以外の方法で表現することも多かった。数多い暴力の逸話に疑いの余地はない」と書いています。

一例を挙げましょう。夫妻は結婚直後、当時暮らしていたスプリングフィールドで、医師の未亡人であるジェイコブ・アーリー夫人の下宿に暮らしていました。

ある日の朝食時、リンカーンの言動の何かが、妻の逆鱗に触れました。何が原因だったのか、今となっては誰にもわかりません。ともかく妻は逆上し、熱いコーヒーをリンカーンの顔にかけたのです。しかも、他の下宿人の前で。

湿ったタオルをもって駆けつけたアーリー夫人に顔と服を拭かれている間、リンカーンは、恥ずかしさをこらえ黙って座っていました。

リンカーンの妻の嫉妬心はあまりに馬鹿げていて、凄まじく、公に記録された悲しく不名誉な場面を今読むと、ただただ驚きで息が止まりそうになります。妻はついには精神を病みました。同情できるのは、そうした気性が、初期の精神病の影響だったと考えられることです。

口やかましさでは相手を変えられない

このような口やかましさ、文句、怒りによって、リンカーンは変わったでしょうか？ある面では変わりました。妻に対する態度が変わったのです。不幸な結婚を後悔し、できる限り妻と顔を合わせないようにしました。

スプリングフィールドにはリンカーンを含め、弁護士が11人いましたが、全員がそこで生計を立てられるわけではありません。そこで弁護士たちは、巡回裁判を開くデビッド・デイビス判事の後について各地を回っていました。そのようにして、何とか仕事を得ていたのです。

他の弁護士たちは、土曜日になるといつもスプリングフィールドに戻り、家族と週末を過ごそうとします。しかしリンカーンは違いました。家に帰るのを恐れていました。そのため、春と秋は3カ月間は家に帰らず、巡回裁判について回って決してスプリングフィールドに近寄りませんでした。

そうしたことが何年も続きました。田舎の宿屋での暮らしは時にみじめでしたが、それでも、妻の絶え間ない口やかましさや激しい気性よりましだったのです。

リンカーン夫人、ウジェニー皇后、トルストイ夫人が口やかましくした結果が、これです。彼女たちは、単に自分の人生を悲劇的なものにしただけです。大切なものをすべて破壊してしまいました。


ニューヨーク・シティの家庭裁判所で11年間働き、何千という離婚訴訟を調べたベシー・ハンバーガーによると、既婚者が家を出る主な理由の一つが、配偶者の口やかましさだそうです。『ボストン・ポスト』紙はそれをこう表現しました。

「多くの配偶者が、少しずつ結婚の墓穴を掘り続けている」

家庭生活を幸せに保ちたいなら、この原則を守ってください。

原則 1

決して口やかましく言わないこと!!!

2 最高の家庭生活を送る方法

「人生においては、多くの愚かなことをするかもしれないが、恋愛結婚だけはしないつもりだ」英国首相ディズレーリはこう述べています。

実際に彼はその通りにしました。35歳まで独身を貫いてから、12歳年上の資産家の未亡人に求婚しました。彼女はすでに髪が白くなっています。愛していたのではありません。その未亡人メアリー・アンは、ディズレーリに愛されていないことは承知していました。金目当てで結婚しようとしていることもわかっていました。そこで、一つだけ要求を出しました。ディズレーリの性格を知るために、1年間待ってほしいと頼んだのです。やがてその期間が過ぎ、2人は結婚しました。

まるで盛り上がりに欠ける、打算的な話です。ところが、ディズレーリの結婚は、とかく悪口を言われる結婚制度の歴史の中でも、指折りの輝かしい成功を収めたのです。

ディズレーリが選んだ資産家の未亡人メアリー・アンは、若くも美しくも賢くもありません。それとはほど遠い女性でした。文学や歴史については、笑いを誘うような勘違いも多く、例えば「ギリシャ時代とローマ時代のどちらが先か」まったくわかりませんでした。また服装や家具の好みも変わっていました。しかし、彼女は明らかに、結婚に最も大切な才能を持っていました。男性を操る術です。

相手を決して咎めない

メアリー・アンは、ディズレーリの知性に対抗しようとしませんでした。ディズレーリは、聡明な女性たちとの機知に富んだ午後のやり取りを終え疲れ果てて帰宅しても、メアリー・アンのたわいない話でくつろぐことができました。家庭が気を休めることができる場所であり、メアリー・アンの愛の暖かさに包まれる場所であることを、この上なく喜びました。家で年上の妻と過ごす時間が、人生における最高の幸せになったのです。メアリー・アンは、妻であり、信頼できる友人であり、相談相手でした。ディズレーリは、毎晩、その日の出来事を話すために、議場から急いで帰宅しました。重要なのは、メアリー・アンが「ディズレーリは何をしようと決して失敗しない」と信じていたことです。

30年間、メアリー・アンは、ディズレーリただ1人のために生きました。自分の富は、ディズレーリの生活のために使われるからこそ価値があるとも思っていました。ディズレーリも彼女を大切にし、自分のためにビーコンズフィールド伯爵の爵位が創設されると、飛んで帰って言いました。「ああ、今日からはあなたはビーコンズフィールド伯爵夫人だ」

メアリー・アンがどれほど人前で馬鹿げて見えることをしても、ディズレーリは決して叱りませんでしたし、一言も咎めませんでした。笑いものにしようとする人からは、献身的に守りました。

メアリー・アンは完璧な女性ではありませんでしたが、30年間、飽きずに夫について話し、夫をほめ通しました。その結果はどうなったでしょうか？

「結婚して30年になるが、まだ倦怠期を迎えていない」と、ディズレーリは言いました（それでも、歴史を知らないという理由でメアリー・アンを愚かに違いないと考える人もいます）。

さらにメアリー・アンが人生で一番大切であると、公言してはばかりません。

そして、メアリー・アンは「夫の優しさのお陰で、私の人生はずっと幸せなの」と友人に語っていました。

2人の間で交わされていた冗談があります。「知っているかい？ 私は、財産目当てであなたと結婚したのだよ」ディズレーリが言うと、メアリー・アンが微笑んで答えます。「ええ。でも、もう一度そうしなければならないとしたら、愛がお目当てじゃなくて？」

ディズレーリはそのとおりだと認めるのです。

確かにメアリー・アンは完璧ではありません。しかし、ディズレーリは賢明にもメアリー・アンを尊重していました。

作家のヘンリー・ジェームズはこう書いています。「人との付き合いで最も大切なことは、相手なりの幸せの形に干渉しないことだ」

また、リーランド・フォスター・ウッドは著書『家族の中で共に成長する』でこう述べています。「結婚で成功するのは、良い相手を見つけるより大変だ。良い相手でいることが大変なのだ」

原則

2

相手を変えようとしない。

3 家庭生活に失敗しない方法

ディズレーリの最も手強い政敵は、グラッドストンでした。大英帝国時代にあらゆる議論で衝突したこの2人には、共通点があります。私生活がこの上なく幸せだったのです。ウィリアム・グラッドストンとキャサリンの夫妻は、59年間、一緒に過ごしました。変わらぬ愛によって祝福された年月でした。英国の歴代首相の中でも最も威厳に満ちたグラッドストンが、妻の手を取って暖炉の前で歌い踊るのを想像するのは楽しいことです。

外では恐るべき敵となるグラッドストンですが、家では決して非難がましいことを言いませんでした。朝食のために階下に降りた時、家族がまだ寝ていれば、穏やかな方法で不満を表現しました。家中に響く奇妙な歌声で、イギリスで一番多忙な人物が1人で朝食を待っていることを知らせたのです。人の扱いがうまく思慮深いグラッドストンは、家族を非難するのを徹底的に控えていたのです。

ロシアの女帝エカチェリーナ2世も同じでした。彼女は史上最大とも言える帝国を統治し、何百もの国民の生死を握っていました。政治的には無慈悲な暴君であることが多く、無用な戦争で多くの敵を銃殺刑に処しています。ところが、料理人が肉を焦がしても何も言いませんでした。微笑み、我慢して食べたのです。世の男性たちも真似するといいでしょう。

非難は人間関係を破壊する

結婚における不幸の原因に詳しいドロシー・ディックスは、半分以上の結婚が失敗だと言います。さらに、ロマンティックな夢がそんなにも多く砕ける理由の一つが、相手を非難することだとしています。非難は無益で、相手にひどく辛い思いをさせるだけです。

もし子供を非難したくなったら……私があなたに「だめ！」と言おうとしていると想像してください。もちろん、実際に私がその場で言うことはできません。私にできるのは、子供を非難する前に、アメリカ報道界における傑作『お父さんは忘れていました』を読むように勧めることだけです。これはもともと『ピープルズ・ホーム・ジャーナル』誌の論説として掲載されたものです。著者の許しを得て、『リーダーズ・ダイジェスト』誌で要約されていたものを紹介します。

『お父さんは忘れていました』は、誠実な気持ちをそのまま書き上げ、多くの読者の共感を呼んだ小さな作品です。著者のW・リビングストン・ラーンドによると、約15年前に初めて世に出てからというもの、多くの場所で紹介されているそうです。「何百もの雑誌、社内報、国内のあらゆる新聞に掲載された。多くの言語にも翻訳されている。私は、学校、教会、講壇で読みたいという何千という人たちに私的に許可を与えた。さまざまな番組などで放送され、大学や高校の定期刊行物でも取り上げられているのはおもしろい。小さな作品が、不思議と人の心をとらえることがある。これがまさにそうだ」

『お父さんは忘れていました』

息子よ聞いてほしい。今、君は横になって眠っています。小さな手の上に頬が乗り、金髪の巻き毛が汗で額に貼り付いているね。お父さんは1人で君の部屋に忍び込んできました。数分前、書斎で新聞を読んでいたら後悔が押し寄せてきたのです。

息子よ、お父さんは考えています。お父さんは君に干渉してきました。学校へ行く支度をしている君を、顔をタオルでさっと拭いただけだと叱ったり、靴をきれいにしていないと叱ったり。君がものをいくつか床に放り投げた時は、怒鳴ったりしました。

朝食の時も、あら探ししました。物をこぼしたとか、食べ物を嚙まずに飲み込んだとか、テーブルの上に肘をついたとか、パンにバターを塗りすぎるとか言って、叱りました。お父さんが電車に乗ろうと出かける時、遊びに出かけようとした君は振り返って、「いってらっしゃい、お父さん！」と呼んで手を振ってくれました。でも、それに答えたお父さんは、しかめ面で「背筋を伸ばせ」と言ったのです。

午後にも同じことが起こりました。道でひざをついてビー玉で遊んでいる君を見かけました。君の靴下には穴が開いていました。お父さんは、君を後ろから家に追い立てて、友だちの前で恥を搔かせました。靴下は高いんだ。自分で買ったものなら、もっと大事に使っただろうに！　お父さんは、そんなことまで言いました。

その後、書斎で新聞を読んでいると、君は、悲しげな目でおどおどと入って来ましたね。お父さんは邪魔されたことにいらいらしながら新聞から目を上げると、君はドアのところでもじもじしていました。

「何の用だ」と、お父さんが言うと、君は、何も言わずに疾風のように走ってきて、お父さんに両腕で抱きついてキスしてくれました。その小さな腕は、涸れることのない愛に満ちていました。それから、君はぱたぱたと階段を上っていってしまいました。

ああ、息子よ。そのすぐあと、お父さんは新聞を持っていられなくなり、目まいがするほど不安になりました。お父さんは何をしていたんだろう？　君はまだ子どもなのに、あら探しをし、叱りつけていました。君を愛していないからじゃない。幼い君に求めすぎていたのです。お父さんは自分の年齢の物差しで君を測っていました。

君には、善良で元気で正直なところがたくさんあります。丘を照らす夜明けの太陽みたいだ。疾風のように駆け寄っておやすみのキスをしてくれたことで、それがわかりました。今夜、これ以上大事なことは、ほかにありません。

お父さんは暗闇の中、君のベッドの横にやってきて、自分を恥じてひざまずいています。ほんの罪滅ぼしです。君には、お父さんが何を言っているかわからないかもしれません。でも、明日からお父さんは、良いお父さんになります。君と仲良くしたい。君が苦しむ時はお父さんも苦しみたい。君が笑う時はお父さんも笑いたい。うるさいことを言いそうになったら我慢します。「この子は、まだ小さいんだ!」と、繰り返し自分に言い聞かせます。

お父さんは、君を大人の人間として見ていました。でも、小さなベッドの中でぐっすり寝ている君は、まだ幼い子にしか見えません。昨日は、抱っこされてお母さんの肩に頭を預けていたね。お父さんは、たくさん求めすぎていました。あまりにもたくさん。

原則 3

非難しない。

4 相手を幸せにする簡単な方法

ロサンゼルス家族関係協会の理事ポール・ポペノーは言います。

「結婚したいと思う男性のほとんどは、偉い女性ではなく、男性の虚栄心を満たすことに魅力と喜びを感じる女性を選ぶ。企業の女性重役も、一度は昼食に誘われる。しかし、大学で学んだ〝現代哲学〟について話し始めることが多く、自分の勘定を自分で払うと言い張ることさえある。その結果、昼食に誘われることはなくなる。

それとは逆に、学のないタイピストは昼食に誘われると、相手の男性に熱いまなざしを向けて言う。『あなたのことを、もっと話して』と乞う。その結果、男性は同僚に『彼女はとても美人というわけではないけど、ものすごく話が上手なんだ』と話すのである」

男性は、自分を美しく着飾ろうとする女性の努力を称賛するべきです。すべての男性は、女性がどれほど服装に深い興味を持っているかを忘れています。仮に知っていればの話ですが。たとえば、2組の男女が道で出会った時、女性は滅多に相手の男性を見ません。女性は互いに、どれほど素敵に装っているかを見るのです。

私の祖母は数年前に98歳で亡くなりました。その少し前、私たちは祖母に、30年以上前に撮った祖母自身の写真を見せました。視力が衰え、写真がよく見えない祖母が、一つだけ質問をしました。「私はどんな服を着ているの？」考えてみてください。人生最後の12月を迎え、寝たきりで、１００歳が近づいて体が弱り、記憶の減退のせいで娘のことさえ認識できない老いた女性が、いまだに、30年以上前にどのような服を着ていたかに興味を持っているのです！　祖母がその質問をした時、私はベッドのそばにいましたから、このことは決して忘れられません。

本章を読んでいる男性で、５年前に着ていたスーツやシャツを覚えている人はいないだろうし、覚えていたいとも思わないでしょう。ところが女性は違います。私たちアメリカの男性は、それを認めなければなりません。フランスの上流階級の少年は、女性のドレスや帽子を、一晩の間に一度どころか何回もほめるよう教育されています。５０００万人のフランス人男性は、正しい行動ができるに違いありません。

私が集めている切り抜きに、こんな話が載っていました。実際に起きたかどうかはわかりませんが、そこには真実が語られています。

この笑い話では、農場で働く女性が、その日の過酷な労働を終えた男性たちの前に、干し草の山を乗せた皿を置きます。男性たちは憤然として、頭がおかしくなったのかと問いただすと、女性はこう答えるのです。「おや、気付くとは思わなかったよ。この20年あんたたちの食事を用意してきたけど、いつも私が用意した食事を干し草扱いしてきたじゃないか」

感謝をためらわない

モスクワやサンクトペテルブルクの貴族は、もう少し行儀が良かったようです。皇帝がいた時代、ロシアの上流階級は、食事に満足すると料理人を部屋に呼んで称賛を伝えるのが習わしでした。

同じくらいの思いやりを、自分の妻に示してみてはどうでしょう。今度、鶏肉料理がおいしくできた時は、妻をほめるべきです。あなたがその事実を評価しているということを(干し草扱いしていないことを)、告げるのです。

また、その時は、あなたの幸せには妻が欠かせないということも、ためらわず伝えましょう。ディズレーリという英国史上最も偉大な政治家さえ、妻への感謝をどれほどためらわず口にしていたかを、私たちは知っています。

つい先日、雑誌を読んでいて見つけた記事があります。俳優で作家のエディ・カンターのインタビューです。

「私は、世の中の何よりも、妻に感謝している。結婚する前、妻は親友だった。私が人の道を外れないように気にかけてくれた。結婚した後は、節約し、投資し、得たお金をまた投資した。私のために財産を作ってくれた。5人のかわいい子供にも恵まれた。いつも心地良い家庭を築いてくれている。私が成功者と言えるのであれば、妻のお陰だ」

ハリウッドでは、結婚は、ロイズ保険組合でも敬遠するような一か八かの冒険です。そのハリウッドで、数少ない幸せな結婚をしたのが、ワーナー・バクスター夫妻です。夫人は、ウィニフレッド・ブライソンという元女優で、結婚と同時に華々しい舞台人生を手放しました。けれどその犠牲によって、2人の幸せが損なわれることはありませんでした。

「妻は、舞台の上で喝采を浴びる機会は失ったが、私は、妻がいつも〝私〟からの喝采に気づいてくれるよう努めている。夫が妻に幸せを与えられるとしたら、称賛と献身によってのみだ。その称賛と献身は、妻が与えてくれた幸せに対する夫の回答なのだ」と、ワーナー・バクスターは言っています。

原 則

4

心から感謝する。

5　愛を継続する方法

太古の昔から、花は愛を語る言葉だと考えられてきました。高価でもなく、季節の物は安く売られています。それでも多くの夫が、花束の一つも滅多に持ち帰らないのは、それが高価で、雲より高いアルプスの崖に咲くエーデルワイスのように、手に入れるのが難しいと思っているからでしょう。

妻が入院するまで、花を贈るのを待つ必要はありません。明日の夜、バラを渡してはどうでしょうか。何が起こるか実験してみましょう。

作曲家のジョージ・コーハンは、ブロードウェイで忙しく過ごしていましたが、母親への日に2回の電話を欠かしませんでした。いつも新鮮な話題があったからだと思いますか？　そうではありません。この小さな心遣いで、相手を想い喜ばせたがっていることや、相手の幸せがとても大切であることを、愛する人に伝えているのです。

女性は、誕生日や記念日を重んじます。なぜかは永遠の不思議です。男性にとって、たいていの日付は覚えなくても生きていけますが、忘れてはいけないものもあります。アメリカ大陸発見の１４９２年、独立宣言の１７７６年、妻の誕生日、結婚記念日です。最初の２つは忘れても何とかやっていけますが、後の２つはそうではありません。

日常は小さなことの連続

４万件の離婚訴訟を扱い、２０００組を和解させた、シカゴのジョセフ・サバス判事は言います。「夫婦の不和の原因の多くは、些細なことだ。朝、夫が仕事に出かける時に、妻がいってらっしゃいと手を振るといった簡単なことで、何件もの離婚を防げる」

詩人のロバート・ブラウニングと、妻でやはり詩人のエリザベス・バレット・ブラウニングとの生活は、素朴で美しいことで知られています。ロバートは、贈り物と心遣いで愛を育むことに全力を尽くしました。病弱なエリザベスに思いやりをもって接したのです。エリザベスは、姉妹への手紙に書いています。「私は自分が本当に天使なのではないかと、思うようになってきました」

あまりに多くの男性が、こうした小さな毎日の心遣いの価値を低く見ています。ゲイナー・マドックスは『ピクトリアル・レビュー』誌に寄せた記事で次のように書きました。「アメリカの家庭には、ちょっとした新しい悪さが必要だ。例えばベッドで朝食をとるのは立派な気晴らしであり、もっとたくさんの女性が楽しむべきことだ。男性にとってのプライベートクラブとまったく同じである」

結婚は、長い目で見れば、些細なことの連続です。その事実を見落とす夫婦には苦痛の種でしょう。エドナ・セント・ヴィンセント・ミレイは、短い詩にまとめています。

「愛が去るのが悲しいのではない。小さなことで去るのが悲しいのだ」

この詩を覚えておきましょう。

離婚の町と異名をとるネバダ州リノの裁判所では、週に6日、10分に1件の割合で離婚を許可しています。大きな悲劇の末の離婚は、そのうち何件なのでしょう。とても少ないはずです。もしその場で一日中座って、不幸せな夫婦の証言を聞くことができたら、愛は「小さなことで去る」のがわかるでしょう。

原則 5

小さなことに注意を払う。

6 無視してはいけないたった一つのこと

指揮者のウォルター・ダムロッシュは、政治家ジェームズ・ブレインの娘と結婚しました。ダムロッシュ夫妻は、かつてスコットランドのアンドリュー・カーネギーの家で出会って以来、とても幸せな生活を送ってきました。その秘訣を、ダムロッシュ夫人はこう言います。「相手選びの次に大切なのは、結婚後の礼儀だと思うわ。新妻は、知らない人にそうするように、夫にも礼儀正しく接するべきよ。どんな男性だって、口やかましい女性からは逃げてしまうわ」

不躾なふるまいは、愛を壊す癌です。そのことを知らない人はいないのに、私たちは、家族より他人に対して礼儀正しくします。

他人には「また、その話か」と言ったりしません。友人の手紙を許しもなく開けたり、秘密を詮索したりもしません。それなのに、私たちは一番大切な家族を、些細な失敗で侮辱しがちです。再びドロシー・ディックスの文章を引用します。「実に驚くべきことに、私たちに意地悪で侮辱的で心ない言葉を浴びせるのは、たいてい家族である」

ヘンリー・リズナーはこう言います。「礼儀正しさとは、壊れた門は大目に見て、その向こうの庭に咲く花に注意を向ける心の素養のことだ」礼儀は、結婚の潤滑油なのです。

作家オリバー・ウェンデル・ホームズ・シニアは、『朝食テーブルの独裁者』を書いて有名になりましたが、家庭では独裁者ではありませんでした。実際、とても思いやり深く、塞ぎこんでいたとしても、家族にはそれを隠そうとしました。家族に同じ苦痛を与えたくなく、塞ぎこむのは1人で十分だったのです。

普通の人はどうでしょうか？　セールスに失敗して上司に叱られたり、仕事がうまくいかなかったりすると、家に帰って家族に八つ当たりするのが待ちきれなくなります。

オランダでは、家に入る前に扉の外で靴を脱ぎます。私たちもオランダ人に習って、家に入る前に、仕事の問題を脱ぎ捨ててしまいましょう。

ウィリアム・ジェームズはかつて『ある条件下における人間の盲点』というエッセイを書きました。読む価値のあるエッセイです。それにはこうあります。「人間の盲点には、私たち全員が悩まされている。自分以外の人間や生き物の感情が見えないのだ」

仕事より結婚のほうが成功率は高い

「人間の盲点には、私たち全員が悩まされて」います。客や仕事仲間に対しては、夢にもとげのある言い方をしようと思わない人が、妻を怒鳴りつけることには無頓着です。個人の幸せにとって結婚は、客や仕事仲間よりよほど大切であり、仕事よりはるかに不可欠なものであるにもかかわらず、です。

幸せな結婚をしている平凡な人のほうが、孤独に暮らす天才より、ずっと幸せです。ロシアの文豪ツルゲーネフは、世界中で愛されています。それでも彼はこう言うのです。「夜遅く帰宅した時、夕食を出してくれる女性がいれば、才能も本も全部捨ててもかまわない」

では、結婚で幸せになれる可能性は、どのくらいあるでしょう？ すでに述べたように、ドロシー・ディックスは、半分以上の結婚が失敗すると信じています。それに対して、ポール・ポペノー博士は言います。「男性が打ち込むどんな事業より、結婚のほうが成功の見込みがある。食料品事業に乗り出す男性の70パーセントは失敗するが、結婚する男女の70パーセントは成功する」

ドロシー・ディックスは、次のように結論付けました。「結婚に比べれば、生まれることや死ぬことは、取るに足らない。男性が、幸せな家庭を作るために、事業や仕事を成功させるのと同じような努力をしないのはなぜなのか、女性には理解できない。

100万ドルを稼ぐよりも、妻と平和で満ち足りた幸せな家庭を持つほうが、男性には意味があることなのに、実りある結婚に向け、真剣に考えたり、努力したりする男性は、100人に1人もいない。人生で一番重要なことを成り行きに任せ、富を築けたかどうかで勝ち負けを判断している。妻を、乱暴にではなく丁寧に扱ったほうが得なのに、それを拒む理由が、女性にはわからない。

すべての男性は、妻を喜ばせれば意のままにできることを知っている。管理能力や、いかに夫を助けているかについてほめるだけで、妻が節約に励むことを知っている。前年の服を着ていても美しいと言えば、パリの最新流行の輸入品を買わないことを知っている。キスで妻の目を閉ざし、コウモリのように見えなくさせることができることや、唇へのキスでカキのように黙らせることができることを知っている。

すべての妻は、夫がこれらを心得ていることを知っている。自分にどう接してほしいかを夫に説明してきたからだ。妻は、夫に怒るべきか愛想をつかすべきか判断がつかない。夫は、妻におもねったり付き合い始めの頃のように接したりするより、妻と戦い、その代償として粗末なものを食べ、無駄金を使って新しい服やリムジンやパールを買うことを望んでいるようだ」

原 則 6

礼儀を守る。

7 結婚生活の最重要課題

社会衛生局の事務局長キャサリン・ベメント・デーヴィス博士は、かつて1000人の既婚女性にプライベートな質問をして、率直な答えを求めました。結果は衝撃的でした。返ってきたのは、一般のアメリカ人のセックスへの不満だったのです。既婚女性たちの回答を読んだデーヴィス博士は、迷わず、アメリカ人の離婚の主な原因の一つが、性の不一致であると発表しました。

G・V・ハミルトン博士の調査も、この発見を裏付けています。ハミルトン博士は、4年かけて、男女各100人ずつの結婚生活を調べました。一人ひとりから、配偶者との生活について400項目ほどを聞き取りし、問題を徹底的に検討しました。あまりに徹底していたため、全調査を終えるのに4年かかっています。この調査は、社会学的重要性から、有力な慈善団体の資金援助を受けて行なわれました。ハミルトン博士とケニス・マガウアンの共著『結婚の何が問題か』にその結果が書かれています。

さて、「何が問題」だったのでしょう？　本には「配偶者との摩擦の原因が性の不一致ではないと述べるのは、先入観に凝り固まったいい加減な精神科医だろう。少なくとも、性生活が順調ならば、多くの場合ほかの軋轢は問題にならない」と書かれています。

ロサンゼルスの家族関係協会の理事ポール・ポペノー博士は、何千もの結婚生活を調べており、家庭生活についてのアメリカ第一の権威です。彼は結婚の失敗には、通常4つの原因があると言い、それを次の順番で挙げています。

①性の不一致
②余暇の過ごし方についての意見の相違
③経済的な理由
④精神、肉体、感情の異常

セックスの無知は結婚を破綻させる

セックスの問題が初めに挙がっていることに注目しましょう。経済的な問題は3番目なのです。離婚問題の権威者は全員、セックスの相性がとても大切だという意見で一致しています。数えきれないほどの家族の悲劇を聞いてきた、シンシナティ家庭裁判所のホフマン判事は言います。「10件中9件の離婚は、セックスの問題が原因だ」

有名な心理学者ジョン・ワトソンも述べています。「性生活が、人生の最重要問題なのは明らかだ。また、男女の幸せを壊す大きな原因となっているのも、明らかだ」

多くの現役の医師たちが、私の講座で実質的に同じことを話しています。これほどの書物と教育の機会に恵まれている今世紀にあっても、最も原始的で自然な本能についての無知が原因で、結婚生活が破綻し人生が暗礁に乗り上げるのは、痛ましいことです。

オリバー・バターフィールド牧師は、メソジスト教会での18年の布教活動の後、ニューヨーク市の家庭相談所で責任者となり、おそらく誰よりも数多く、若者の結婚に立ち会ってきました。その彼が言っています。「牧師としての経験では、結婚式を挙げようとする男女は、恋愛感情や善意はあっても、結婚のことを何も知らないのです」

結婚しようとする男女が「結婚のことを何も知らない」そうです！　さらに続けます。「とても難しい問題である体の相性について、多くの部分を成り行きに任せていることを考えれば、アメリカの離婚率がたった16パーセントなのは、驚くべき数字です。本当の結婚をしておらず、ただ離婚していないだけという夫婦は、恐るべき数に上ります。煉獄にいるようなものでしょう。ほとんどの場合、幸せな結婚は偶然の産物ではありません。よく考え、計画して作り上げるものなのです」

バターフィールド牧師は、長年、自分が結婚式を執り行なう男女と必ず、将来設計について率直に話をしてきました。その結果、あまりにも多くの婚約中の男女が「結婚のことを何も知らない」という結論に達したのです。

「セックスは」バターフィールド牧師は述べます。「結婚生活における多くの喜びの一つですが、この関係がうまくいかないと、他のことすべてがうまくいきません」

では、どうすればうまくいくのでしょうか？　もう少し引用を続けます。「我慢するのではなく、客観的で偏見のない態度で話し合い、結婚生活を積み重ねるべきです。そのためには、確かな知識と良識を得られる本を読むしかありません。私は自著『結婚と性の一致』に加え、そうした本を何冊か手元に置いています」

性生活を本から学ぶ？　それも良いのではないでしょうか？　数年前、コロンビア大学とアメリカの社会衛生局は、優れた教育者たちを招き大学生の性生活と結婚の問題を話し合いました。その席で、ポール・ポペノー博士は「離婚は少しずつ減っている。皆が性生活や結婚について本をたくさん読むようになったことが、理由の一つだ」と言っています。

原則 7

セックスについて良書を読む。

幸福になるための10の質問

これは、『アメリカン・マガジン』誌に掲載された、エメット・クロージャーの『なぜ結婚は失敗するのか?』という記事から引用した質問票です。夫婦それぞれに10個の質問があります。質問に答えるだけで配偶者としての自分の価値が見つけられます。

夫への質問

①誕生日や結婚記念日、または突然のハプニングや優しさの現れとして、たまには妻に花を贈っていますか?
②他人の前で妻を非難しないよう、注意していますか?
③自分が浪費するより多く、妻に自由なお金を渡していますか?
④周期的に疲れたり、ナーバスになったり、怒りっぽくなったりする、女性特有の傾向を理解しようと努力していますか?
⑤少なくとも余暇の半分を妻と過ごしていますか?

⑥妻の料理や家事を、自分の母親や他人の妻と比較しないよう注意していますか？
⑦妻の知的生活やクラブ活動、社会活動、読書傾向、問題意識に関心を示していますか？
⑧妻が他の男性から親切にされても、嫉妬しないでいられますか？
⑨機会を見つけて、妻をほめていますか？
⑩ボタンを付けてくれたり、服をクリーニングに出してくれたりといった、妻があなたのためにやってくれた〝ちょっとしたこと〟に、感謝していますか？

妻への質問

①夫が仕事をしている時は完全に自由にさせていますか？　また、夫の同僚や秘書、勤務時間をうるさく批判していませんか？
②家庭をおもしろく魅力的にするのに最善を尽くそうとしていますか？
③食事のメニューを変えていますか？
④夫の仕事を理解し、助けになるような会話ができますか？
⑤夫の失敗を批判したり、より成功している男性と比較したりすることなしに、財政的困難に、果敢かつ前向きに立ち向かえますか？

⑥夫の母親や親類に、好意的に接する特別な努力をしていますか？
⑦夫の好みを考えた服装をしていますか？
⑧わずかな意見の違いには、譲歩していますか？
⑨夫の余暇を共有したり、夫が好むスポーツを覚えたりしようとしていますか？
⑩新しいニュースや本、アイデアを仕入れて、夫の知的興味についていっていますか？

訳者あとがき

本書は、1936年に出版され、世界で3000万部以上を売り上げたベストセラー『人を動かす』の、カーネギー本人によるオリジナル版の新訳です。

かなりの長期間、カーネギーが執筆したものとは異なるバージョンが、『HOW TO WIN FRIENDS AND INFLUENCE PEOPLE（邦題：人を動かす）』として読まれてきました。カーネギーの死後、夫人が「改訂版」として出版したからです。彼女は、カーネギー本人が執筆した原稿を随所で削除する一方、オリジナルにはなかった有名歌手スティービー・ワンダーの成功エピソードを付け加えるなど、多くの改変を加えていました。

それに対し、「カーネギーが本当に伝えたかったこと」を復活させ、オリジナルの精神に戻って訳出したのが、本書『人を動かす　完全版』です。カーネギーが目指した、わかりやすくて親しみやすい簡潔な文章を現代に再現するにあたり、部分的な要約を施したり、熟慮のうえ訳出を控えた部分もあります。本書であなたの前に現れる新たなカーネギーのメッセージの数々には、何度読んでも、新鮮な驚きと感動があるでしょう。

『人を動かす』は、自己啓発のあり方を一変させました。それまでのアメリカでは、ビクトリア朝的な道徳観が残り、自分を多く語らないことが美徳とされ、自己抑制の精神が尊ばれていました。

一方、カーネギーが示したのは、「人にどう伝えるか」ということの重要性や、「自己肯定」の意義などの現代的価値観です。やがて工業化社会から脱していこうとする当時のアメリカで、自分の付加価値を高めることの重要性が増していたなか、カーネギーの考えは、ビジネスマンの新たな成功要件として、大反響を呼びました。

カーネギーが示した新しい価値観や成功法則は、現在でもまったく輝きを失っておらず、むしろ情報化社会の進展によって、ますます重要になってきています。

とくに、いまだに「自分を語らないこと」や「自己犠牲」といった古い道徳観の呪縛を受けやすい日本では、本書を読んで実践することの価値は非常に大きく、ビジネス誌の「ビジネスマン必読の本100冊」や「経営者が勧める本」といった特集では、ほぼ毎回、『人を動かす』がベスト3に入るほどの人気を保ち続けています。

「凡百のビジネス書や自己啓発書を読むくらいなら、『人を動かす』1冊だけでいい」と断言する読書家も、少なくありません。

本書が現代でも新鮮であり続け、何十回と読み返しても、そのたびに新しい発見があるのは、思想が魅力的であるだけでなく、示された法則の数々が、現実の生活でも実際に効果があるからです。

自身を「実用心理学の専門家」とみなすカーネギーは、自らが見いだした成功法則が現実でどのように作用するかに、強い関心を持っていました。自分の講座の受講生には、法則を試した成果を積極的に発表させています。講座は、実用心理学の実験室だったのです。そこで得られた「実証済」の成果の数々が、本書で結実しました。

講座の受講生たちは、忙しいビジネスマンです。すぐに結果を出すことを求められました。当然、本書は即効性がきわめて高くなっています。

現代自己啓発の創造主ともいえるD・カーネギーは、どういう人物だったのでしょうか？　彼を、鉄鋼王アンドリュー・カーネギーと混同する人もいます。もちろん別人ですが、2人とも貧しい生い立ちから立ち上がったことは共通しています。

D・カーネギーは、当時まだフロンティアの様相を色濃く残したアメリカ・ミズーリ州の片田舎で、貧しい農家の次男として1888年の冬、猛吹雪の中で生まれました。彼は子供のころから、家畜の世話や農作業といった農場の過酷な仕事をこなしていましたが、極度の貧困と重労働の生活には、限界を感じていました。この生活を続けていっても、自分の人生に成功が訪れるとは思えません。

この体験によって、「成功するとはどういうことか？　どうすれば成功できるのか？」ということが、生涯のテーマとなりました。

成功とは富を得ることだろうか？　いや違う、それだけではない。たとえば近所の大農場主は永遠の強欲に取り憑かれた哀れな人間であり、まったく魅力を感じない。一方、自分の両親は貧困のなか、孤児院に寄付を続けており、そこに小さな幸せを見いだしていた。彼らの美徳には深い敬意を感じる。そうか！　人間は、金銭以外のものから人生の意味や満足を引き出せるのだ！

後に彼の思想の根幹をなす考えは、農場での生活のなかで芽生えていったのです。

カーネギーは大学卒業後、通信教育の教材を売る仕事を始めますが、まったく売れませんでした。熱意を注いでも成果が出ず、ベッドのなかで涙を流す日々を送ります。やがて食料品会社でベーコンなどを売る仕事に就き、頭角を現し始めました。隣のベッドとの仕切りが布1枚だけという安宿に寝泊まりしながら、販売術についての本を読んで勉強を続けます。彼は、売上げが上がらない地域を任されましたが、2年もしないうちに、担当地域の売上げを全米トップに押し上げました。会社から昇進を打診されますが、それを固辞して辞職。ニューヨークで有名な演劇学校に入りますが、やがて俳優としての才能に見切りをつけ、販売の仕事に戻りました。今度は、トラックを売る仕事です。しかし、その仕事には興味も熱意も持てません。

苦悩のなか、彼は自分の本当の欲求に気づき、ビジネスマンに「話し方」を教える講座を開くことを決意。それにより、一生の仕事を見つけました。彼が本当に自己有用感を得られたのは、「売る」ことではなく、「教える」ことや「執筆」することだったのです。その気づきを行動に移したことで、彼は道を切り開きました。

本書は、『人を動かす』というタイトルですが、そこには「自分を動かす」というテーマが隠れています。相手を動かす方法とは、同時に自分を動かす方法です。自分がいちばん欲しいものは何か？　どうしたら自分は行動できるのか？　自分はどこから自己有用感を得ているのか？　などを自分に問いかけてみてはいかがでしょうか？　あなたにもカーネギーのように、人生で探し求めていた本当の答えが見つかり、新たな道が開けるかもしれません。

東条健一

D・カーネギー（1888 - 1955）

アメリカ・ミズーリ州に生れる。セールスマンなどの仕事を経て、YMCAの夜間学校で「話し方」の講座を受け持つようになる。その後、人間関係についての講義をもとにした本書『人を動かす』がベストセラーに。『道は開ける』とともにビジネス書・自己啓発書の名著として現在も世界中で広く読み継がれている。

東条健一

作家。1993年大学卒業。営業職、大手報道機関の社会部記者を経て、現職。著書に『リカと3つのルール』、訳書にD・カーネギー著『決定版カーネギー　道は開ける』、『決定版カーネギー　話す力』（すべて新潮社）がある。

翻訳協力：月沢李歌子
藤本百合
装幀：新潮社装幀室

本書の印税の一部は、
社会福祉活動を行なう
優良団体に寄付されます。

一般社団法人キッズライン
発達に遅れがある子どもの療育、
勉強が苦手な子どもの学習支援。
www.kidsline.jp

NPO法人アニーこども福祉協会
児童養護施設の子ども達への
サポート、障がい児の自立支援活動。
aninpo.org

人《ひと》を動《うご》かす 完《かん》全《ぜん》版《ばん》

発行　2016年11月25日
11刷　2025年 4月15日

著者　D・カーネギー
訳者　東《とう》条《じょう》健《けん》一《いち》
発行者　佐藤隆信
発行所　株式会社新潮社
〒162-8711 東京都新宿区矢来町71
電話　編集部 03-3266-5611
読者係 03-3266-5111
http://www.shinchosha.co.jp

印刷所　錦明印刷株式会社
製本所　大口製本印刷株式会社

ISBN978-4-10-506653-6 C0098